La Compagnie des glaces

Tome 1

G.-J. Arnaud

La Compagnie des glaces

Tome 1

Anticipation

az éditions

© Content Publishing
25 rue du 8 mai 1945
22000 Nanterre
Tél. 06 98 28 83 52
Contact : contact@content-publishing.fr
wwww.content-publishing.fr
ISBN : 978-2-38210-090-5
Dépôt légal octobre 2022

Couverture © Content-Publishing
Maquette intérieure © RédacNet

1

Lien Rag attendit près d'une heure d'être reçu par le lieutenant de la Sécurité. De la pièce où il se trouvait, il dominait Grand Star Station. C'était l'un des principaux points stratégiques où la vue était aussi globale que dans n'importe quel dispatching d'aiguillage. Les voies s'alignaient à perte de vue jusqu'à un faux horizon qui n'était autre que l'arrondi du dôme, à des kilomètres de distance. Il leva les yeux machinalement et pour la première fois aperçut les Hommes du Froid, les Hommes Roux, à moins de cent mètres de distance. Ils habitaient en permanence sur le dôme, passaient leur vie à le nettoyer en échange de nourriture et de pacotille. Ils vivaient nus ou presque et supportaient des températures effrayantes en dessous de zéro. Lien en distinguait quatre, tous des hommes. Malgré le haillon qui ceinturait leur taille, leur sexe restait apparent, long et ballottant entre leurs jambes. Par hasard un jour la femme d'un gouverneur ou d'un directeur de la Compagnie avait levé les yeux vers la verrière et découvert la nudité de ces hommes, et s'en était offusquée. Les services de la Sécurité avaient bien essayé de leur faire endosser des vêtements, mais les Roux n'avaient jamais accepté pareille contrainte.

Dans la salle d'attente, il y avait un gros homme au teint très rouge qui leva lui aussi les yeux et haussa les épaules :

— Vous parlez d'une vie, à poil par moins cinquante et nettoyant la neige. Il suffirait de chauffer le dôme pour ne pas avoir besoin d'eux.

— Cela reviendrait plus cher à la Compagnie, expliqua Lien.

— Vous venez retirer la boîte rouge ?

— Non, répondit Lien agacé.

— La mienne a sauté l'autre jour et ils m'accusent d'avoir essayé de la truquer… Je suis grossiste en viande et je suis toujours sur les rails mais ma femme habite Lake Station.

Une petite ville au nord, auprès d'un petit lac d'eau chaude, laquelle jaillissait naturellement des glaces. On disait qu'un réacteur nucléaire se trouvait à l'origine du phénomène, mais comme on ne relevait que peu de trace de radioactivité, Lien n'y croyait guère.

— C'est bien, là-bas. La vie est assez confortable… Mais je n'y passe qu'un jour ou deux par semaine. Et encore. Ma femme me rejoint parfois. Elle a un petit loco-car. On pourrait y vivre.

Il devait gagner beaucoup d'argent, pensa Lien qui n'avait jamais un sou de côté.

— Excusez-moi, dit-il.

Son nom venait d'apparaître en lettres lumineuses sur la porte noire du lieutenant de la Sécurité. Ce dernier était un Asiate de petite taille, rond et tassé sur lui-même. Il portait des lunettes à l'ancienne, mais Lien pensa que c'était par pure coquetterie. On n'aurait jamais admis un myope à la Sécurité.

— Lien Rag, glaciologue ? Vous avez déposé une demande pour un vapeur. Je voudrais d'autres précisions pour compléter votre dossier.

— Oui, bien sûr, fit Lien prudent. Voyez-vous, lieutenant Skoll…

Il venait de lire son nom sur sa vareuse noire bordée de rouge.

— … Je suis amené à emprunter pour mes travaux d'anciennes voies abandonnées qui ne sont plus sous tension électrique.

— Vous disposez de batteries.

— Oui, mais de cette façon je ne dispose que d'un rayon d'action limité, alors qu'un vapeur me permettrait de me rendre dans des régions désertiques, là où la glace conserve une certaine pureté.

Le lieutenant Skoll ôta ses lunettes et les essuya avec son mouchoir. Il avait dû voir un vieux film et prenait plaisir à répéter ce geste d'un acteur.

— De quelles voies s'agit-il ?

— Elles sont toutes répertoriées, lieutenant. Je n'utilise que des documents officiels tirés des archives de la Compagnie.

— Bien sûr, bien sûr. Vous n'avez jamais entendu parler de la Voie Oblique ? Lien Rag n'hésita pas :

— Si. Mais je ne l'ai jamais rencontrée.

— Vous travaillez dans le secteur 3 de la Province 17 ?

— Exactement.

— Vous ne trouveriez pas de combustible pour un vapeur.

— Il existe des forêts sous glacières exploitées par des bûcherons isolés. Et puis nous pourrions en emporter également.

Mais il y avait certainement une opposition occulte venue d'en haut. Un glaciologue n'avait jamais eu droit à un vapeur. Seuls les hauts personnages de la Compagnie, les services de Sécurité et d'entretien y avaient droit.

Le lieutenant Skoll prit quelques notes en marge de sa demande et hocha la tête :

— Très bien... Je vais transmettre...

— Puis-je espérer ?

— Dans huit jours vous aurez la réponse.

— Mais je dois repartir demain... Pour une campagne d'un mois.

— Je n'y peux rien.

Dans la salle d'attente, le grossiste en viande lui jeta un regard interrogateur auquel il ne répondit pas. Si l'homme avait trafiqué la boîte rouge de sa loco, il risquait un an de camp de travail dans une cité ferroviaire de la zone nord, aux limites des territoires acquis par la Compagnie. Plus loin c'était le front, la guerre permanente avec la Compagnie du Grand-Nord. Lien avait servi deux ans dans un train blindé qui opérait entre les lignes. Un jour ils avaient sauté sur une mine et il avait été réformé car sa jambe droite avait été salement touchée.

Il rejoignit son adjoint Farell dans la brasserie proche de la Sécurité, secoua la tête lorsque son ami lui adressa un hochement de tête interrogateur.

— Réponse dans huit jours mais je pense que c'est cuit.

— Dommage. Tu veux une bière ? Chaude ?

— Non, une vodka.

Farell lui parla avec enthousiasme d'un train-cabaret qui faisait halte dans Grand Star Station, en route pour le sud.

— Il y a de ces filles... J'ai envie d'y aller ce soir. Le truc est extra et occupe dix voies. Tu te rends compte ?

— Il parait, dit Lien, qu'ils déplacent toute une ville, F-Station. J'ai entendu ça ce matin dans les rumeurs. Cent mille habitants. Trois ou quatre cents voies sur la ligne principale du Grand-Nord.

— Une ville ? En même temps ? Mais pourquoi ? Lien avala sa vodka d'un coup et poussa un soupir d'agrément.

— Sédition. On a commencé par leur couper le courant, mais ils ont continué.

— Comment faisaient-ils, avec le froid ?

— On ne sait pas. Ils ont dû brûler tout ce qu'ils pouvaient. Pour finir la Compagnie a pris la décision de les déménager. Demain la ligne du Grand-Nord sera coupée jusqu'à la nuit. Mais ils ne passeront pas ici.

Ils sortirent et Lien leva les yeux vers le dôme, aperçut des Hommes Roux qui attaquaient la neige à coups de pelle.

— Tu t'intéresses à eux maintenant, dit Farell. Ce n'est pas la première fois que tu lèves la tête vers la verrière...

— Personne n'a jamais réellement essayé de savoir pourquoi ils supportaient le froid, eux. En près de deux cent cinquante ans de nouvelle période glaciaire, juste quelques études sans intérêt.

— Ils refusent le contact et à la moindre alerte disparaissent. Ils se réfugient là où personne ne peut aller en loco. Tiens, viens voir le train du gouverneur de la Province 17... Quinze voies d'un coup. Un palace... Et des femmes en fourrures, des serviteurs… D'ailleurs on ne peut pas tellement approcher, il y a des gardes.

Comme ils approchaient, il y eut un remous dans la foule et Lien vit une jeune femme blonde enfouie dans une fourrure blanche qui passait, l'air dédaigneux. Derrière elle suivaient deux filles vêtues plus simplement, portant des paquets.

— Ça, c'est la fille du gouverneur. Elle vient de faire des achats. Il parait qu'elle est toujours nue sous son manteau.

Lien éclata de rire :

— Si tu crois ces légendes !…

— C'est vrai… C'est le chef du convoi qui me l'a dit.

Un parfum étrange, audacieux et léger à la fois flotta un instant dans le sillage de la fille et Lien éprouva comme une mélancolie subite qui ne le quitta que difficilement.

Farell s'exclamait devant les deux énormes locos, monstres d'acier qui parfois s'environnaient de vapeur, attelées au train du gouverneur de la 17e Province. Le palace sur rails occupait effectivement quinze voies et avait l'importance d'un palais. On devait pouvoir circuler à l'intérieur comme dans une construction ancienne. Lien imagina des patios, des jets d'eau, toute une décoration un peu ridicule comme les aimaient les grands pontes de la Compagnie. Il se souvenait d'un général qui avait fait construire un palais vénitien sur rails et occupait une vingtaine de voies, si bien que parfois l'arrivée des renforts sur le front devait être ajournée lorsque le convoi du général circulait…

— Tu as vu ces deux vapeurs ? fit son adjoint. Six hommes juchés sur les épaules les uns des autres n'atteindraient pas la base de la cheminée. Il doit y avoir des tonnes d'eau et de charbon là-dedans. Pas du bois, tu penses. Et je suis sûr qu'en temps normal le convoi peut rouler à l'électricité.

Lien pensa que le palais du gouverneur devait posséder au moins quatre étages et une trentaine de pièces. Il fallait une dépense folle d'énergie pour déplacer une telle masse sur les rails. Parfois les sous-stations électriques sautaient lorsqu'un important personnage de la Compagnie prenait le caprice de se déplacer d'un bout à l'autre de la concession.

Farell lui envoya son coude dans les côtes. À l'une des fenêtres du deuxième étage, sur la droite, une silhouette féminine se tenait immobile derrière les vitres.

— C'est la fille blonde de tout à l'heure. Tu crois que nous avons une touche ?

— Je vais rentrer classer mes notes, dit Lien Rag.

Tu viens ?

— Non, je vais plutôt acheter de quoi manger ce soir... Il faut quand même y penser quelquefois. Lien emprunta l'une des draisines qui parcouraient l'immense nœud ferroviaire. Ils occupaient un bout de voie à l'autre extrémité de la gare et y aller à pied aurait demandé toute une journée. Parfois il jetait un coup d'œil aux énormes convois en attente, trains blindés et forteresses mobiles en partance sur le front du Grand-Nord. On disait que depuis quelques semaines les hostilités devenaient sanglantes pour la possession d'un district stratégique où s'entrecroisaient une dizaine de lignes.

Leur convoi se composait de trois voitures. L'une servait à la fois à la traction et au logement, la seconde était occupée par les appareils et instruments de précision, avec au centre une foreuse qui prélevait des échantillons de glace à de très grandes profondeurs. Enfin dans la troisième voiture se trouvaient les bureaux, les dossiers et le logement de l'équipe accompagnatrice. Pour l'instant elle bénéficiait d'une permission qui se terminait à minuit. Mais ils ne se rejoindraient que le lendemain. Deux autres attendraient le passage du convoi dans de petites stations perdues sur le trajet. Mais il y avait cette histoire de F-Station, la ville que la Compagnie envoyait en exil dans le nord et qui allait bloquer la circulation sur la grande ligne. Elle devait se déplacer avec lenteur, dix à douze kilomètres à l'heure. Il essaya d'imaginer les habitants angoissés, enfermés hermétiquement dans leurs cellules d'habitation avec interdiction de sortir sous peine de mourir de froid sur-le-champ.

Avant de pénétrer dans son bureau, il leva les yeux vers la verrière située à cet endroit à un niveau assez bas. Plus loin le dôme rejoignait les glaces. Au-delà c'était la neige qui tombait inlassablement un jour sur trois.

Il y avait un campement de Roux à la limite du dôme justement. On voyait un peu de fumée s'élever d'un feu. Ils ne se servaient des flammes que pour cuire les aliments. Il décida d'aller jusqu'à la limite du dôme le lendemain, si leur départ était retardé, pour examiner les Hommes Roux de plus près. Il aurait aimé en avoir dans son équipe, pensait vaguement que leur présence aurait permis des découvertes importantes. Mais outre l'impossibilité d'établir un contact avec eux pour un particulier, ils ne négociaient qu'avec la Compagnie, celle-ci aurait estimé cette présence indésirable pour un travail scientifique.

Au lieu de classer ses notes comme annoncé, il étudia la carte du futur terrain de leur travail qui se situait au nord-est de l'ancienne Pologne, à hauteur d'une ville qui s'appelait autrefois Balystok, enfouie maintenant sous des millions de tonnes de glace d'une épaisseur d'un kilomètre.

La Compagnie avait des problèmes dans cette région-là, la couche de glace y augmentant plus vite qu'ailleurs, imposant des travaux gigantesques pour maintenir les voies au niveau. Déjà il avait fallu construire des tunnels de glace et les ingénieurs de la Compagnie n'aimaient guère ça. Il fallait découvrir les causes de cette accumulation plus rapide que partout ailleurs. La ville polonaise se trouvait à un kilomètre en dessous alors qu'en général, la couche des glaces se situait entre deux cents et cinq cents mètres. Il y avait même des endroits où elle n'atteignait pas cinquante mètres. On avait pu rejoindre le sol de la planète et retrouver d'anciennes installations. Ailleurs c'était une forêt souterraine entière qui se trouvait exploitée dans l'ancienne Allemagne.

Lorsque le téléphone sonna, il pensa que c'était Farell qui voulait lui demander une idée de menu pour le soir.

— Ici le secrétariat du gouverneur Sadon. Son Excellence donne une réception ce soir et serait heureuse que vous y assistiez en temps que glaciologue de la Compagnie travaillant dans sa Province. À partir de neuf heures, tenue numéro un.

— Je suis très flatté, mais...

On avait déjà raccroché comme il allait expliquer qu'il avait porté sa tenue numéro un au nettoyage. Furieux, il donna un grand coup de poing sur son bureau et réfléchit. Il lui fallait sortir pour récupérer son uniforme vert et noir. Inconcevable d'aller à la soirée sans cette tenue.

Comme il sortait, Farell descendait d'une draisine privée, les bras chargés de provisions.

— Hé ! attendez, cria Lien au conducteur... Je reviens, je t'expliquerai.

Il eut un mal fou à récupérer son uniforme au service de nettoyage de la Compagnie et ensuite à trouver une draisine pour rentrer se changer. Plusieurs express arrivaient à cette heure et les voyageurs se disputaient les voitures disponibles pour se rendre aux quatre points de G.S.S. Il dut emprunter le tramway de la Grande Ceinture qui ne le mettrait chez lui que dans une heure mais un peu plus tard il aperçut une draisine vide et sauta à l'intérieur.

— Une invitation chez le gouverneur Sadon, c'est la fille. Elle t'a vu dans la foule tout à l'heure et t'a fait inviter, fit son ami.

— Tu divagues.

— Non. Elle t'a regardé. Un quart de seconde de ses yeux verts et ça a suffi. Ensuite elle t'a encore surveillé depuis la fenêtre de sa chambre.

Lien dut repasser son uniforme et le mettre en état car le service de nettoyage n'avait rien fait et il avait complètement oublié ce vêtement qu'il n'avait pas mis depuis des mois.

— J'espère que je n'ai pas grossi.

— Comme tu es plus grand que moi je ne peux même pas te prêter le mien.

— Il faut que tu essaies de m'avoir une draisine pour huit heures trente. Téléphone.

— D'accord, je vais faire mon possible.

En attendant la voiture, ils burent un peu d'alcool. Farell souriait d'un air énigmatique qui agaçait son ami.

— Arrête, veux-tu ?

— Tu es nerveux, tu sais. Tu vas voir la belle fille blonde… Sera-t-elle nue sous sa robe de bal ?

— Pas un bal, une réception.

— Qu'importe.

À l'entrée du palais du gouverneur on lui remit un macaron qu'il dut accrocher à son uniforme. Un des valets le conduisit à la longue file qui attendait d'être présentée au gouverneur en grande tenue. Lien prit son mal en patience, regarda autour de lui et vit la fille blonde aux yeux verts. Elle portait une robe noire qui, si elle cachait ses pieds découvrait ses seins et son dos. Elle sourit d'un air narquois, parut venir vers lui puis au dernier moment pivota. C'est ainsi qu'il put voir que la robe découpait son dos d'un blanc nacré jusqu'à la naissance des fesses. Il se sentit rougir et éprouva un très violent désir. En même temps le parfum de cette fille lui parvint comme dans l'après-midi, poivré et léger en même temps.

— Ah ! le glaciologue de deuxième classe Rag, fit le gouverneur dans sa moustache épaisse et grise. Je suis heureux de vous voir. J'ai besoin que cette affaire de glace qui s'accumule soit réglée au plus vite et je compte sur vous. Réussissez et c'est la première classe.

— Le problème est complexe et…

Mais on poussait déjà Lien et ce n'était pas l'heure d'exposer ses préoccupations professionnelles. Il se trouva libre, seul et désemparé, alla vers le buffet, prit une coupe d'alcool ambré qui était distillé d'après des fruits cultivés sous dôme.

— C'est vous le glaciologue ? fit une voix moqueuse.

Elle était derrière lui et il ne sut que sourire. Elle lui prit le bras, l'entraîna vers le buffet, remplit une assiette de différentes choses puis lui désigna un canapé très bas installé dans une sorte d'atrium au centre duquel jaillissait un jet d'eau lumineux. Les gouttes retombaient avec des couleurs toutes différentes. Il se souvint que dans l'après-midi il avait eu un pressentiment en imaginant l'intérieur de ce palais sur rail.

— C'est moi qui vous ai fait inviter, dit-elle. Mon père se fout de la glaciologie.

— Je ne crois pas, dit Lien très calme. Actuellement l'accumulation du point Bia est le problème le plus contrariant de la Province 17.

Elle haussa les épaules :

— Mais vous n'étiez pas sur la liste des invités.

— Je n'ai pas cette prétention.

— Mangez donc.

Il ignorait le nom de ce qui se trouvait sur cette assiette et se doutait qu'il s'agissait de nourriture rare et chère. Ce caviar devait provenir d'un élevage d'esturgeons dans des lacs artificiels coûteux. Il y avait aussi des filets de langue de rennes, des pâtisseries au goût surprenant.

— Je vous ai vu au-dehors cet après-midi et j'ai eu envie de vous rencontrer. Lien secoua la tête :

— Je ne vous crois pas.

Elle tapa du pied et il se rendit compte qu'elle ne portait pas de chaussures. Il se pencha pour admirer le plus joli pied du monde tout en pensant aux Hommes Roux qui se déplaçaient sur le dôme enneigé, sans comprendre le sens de ce rapprochement.

— Vous ne me croyez pas ?

— Non, je ne vous crois pas.

— On ne vous a pas dit que lorsque je vois un homme, je n'ai qu'une hâte c'est de le connaître pour savoir si je peux faire l'amour avec lui ?

— On ne m'a rien dit de tel.

— Votre compagnon semblait me connaître, lui, fit-elle avec dépit. Il chercha à se montrer aimable :

— Il connaît toutes les jolies filles du monde.

— Et vous, est-ce que la glace vous a à jamais refroidi ?

— Non, pas exactement. Mais en toute sincérité, je ne me sens pas tellement à l'aise dans cette réception... Tenez, là-bas, il y a mon chef direct, le célèbre professeur Elam et je n'aimerais pas me trouver ce soir en face de lui.

— Je comprends très bien. Nous n'allons pas rester ici, dit-elle. Venez avec moi.

Elle le prit par la main et il découvrit que l'immense palais ne lui avait pas encore révélé toutes ses surprises. Ils prirent un ascenseur feutré et se trouvèrent dans un couloir au sol recouvert de tapis épais. La chambre de la fille du gouverneur était immense et possédait une piscine privée.

— Vous connaissez mon prénom ? Floa Sadon.

Elle le poussa vers un fauteuil et s'éloigna vers le centre de la chambre. Brusquement elle défit une fermeture invisible et la robe tomba à ses pieds, la révélant entièrement nue. Lien resta immobile, le cœur plus rapide.

La jeune fille ouvrit un placard dissimulé dans la cloison et en tira d'autres vêtements. Une combinaison épaisse et isotherme ainsi qu'un manteau de fourrure.

Puis elle se retourna, parut le juger d'un coup d'œil rapide.

— Tenez, enfilez ça.

La combinaison isotherme était à sa taille. Il leva des yeux surpris.

— Faites vite, s'impatienta-t-elle.— Mais où allons-nous ?

— Plus tard les explications, si vous voulez bien.

Puis elle eut un petit rire pervers :

— Ça vous gêne de vous changer devant moi ?

2

S'il ne fut pas tellement surpris de se retrouver dans un loco-car que Floa conduisait elle-même, il fut par contre plus étonné de voir le véhicule s'engager sur l'une des voies prioritaires dès la sortie du sas de contrôle électronique.

— Vous disposez d'une boîte marron ? demanda-t-il.

— D'une boîte noire.

Il cacha sa stupeur. Combien y avait-il de personnes auxquelles la Compagnie attribuait une boîte noire ? Quelques centaines ? Et encore ! Il y avait quatre sortes de boîtes. Les rouges, les jaunes, les marron et les noires. Elles décodaient les signaux le long de la voie, programmaient elles seules la marche des locos privées ou collectives. Avec une boîte rouge on ne pouvait qu'accepter les différentes priorités avec résignation. On se retrouvait sans cesse bloqué sur une voie de garage, détourné sur des lignes secondaires avec allongement du trajet, soumis à des contrôles incessants du service de Sécurité. Le train des glaciologues disposait d'une boîte jaune, ce qui était déjà mieux. Mais disposer d'une boîte noire et de la vapeur c'était vraiment le summum de la réussite sociale.

— Je suppose que ce loco-car appartient au gouverneur, fit-il avec malgré lui une nuance de respect.

— Non, il est à mon nom. Pourquoi ? Lien se renfrogna :

— Je ne savais pas que j'étais en train de rouler aux côtés de l'une des dix personnes les plus importantes de la Compagnie.

Floa eut un petit rire gêné :

— Je suis l'héritière de ma mère qui possédait un gros paquet d'actions de la Compagnie. Voilà qui explique tout, non ?

Il ne répondit pas, regarda devant lui. Le phare unique éclairait les voies. Ils circulaient complètement à gauche, près de l'énorme muraille de glace mais sur la droite brillaient des centaines et des centaines de voies. Des convois ne cessaient de les croiser mais bien peu les doublaient. Sur cette ligne principale il devait y avoir une dizaine de voies prioritaires.

— Où allons-nous ?

— Retrouver des copains.

Lorsqu'un voyant vert s'alluma sur le tableau de bord, elle prit une fiche perforée dans la boîte à gants et la glissa dans la fente de la boîte noire. Les autres boîtes étaient scellées et il se souvenait de l'angoisse du grossiste en viande rencontré le matin même à la Sécurité et accusé d'avoir saboté sa boîte.

— Je passe en vapeur, dit-elle.

Donc elle allait abandonner la ligne principale pour une voie secondaire, pire même. Le halètement de la petite machine à vapeur remplaça bientôt le bourdonnement régulier du moteur linéaire.

— Curieux, non, qu'on en soit revenu à la vapeur pour disposer d'une certaine liberté ? Le réseau de la Compagnie est électrifié pour la grande majorité.

Et les privilégiés comme moi disposent d'une énergie autonome et de conception ancienne. Amusant ! Dans le passé l'électricité était considérée comme facteur de progrès par rapport à la vapeur. Nous allons bientôt quitter la ligne... Hé ! Vous avez vu toutes ces lumières ?

Le spectacle était hallucinant. Sur leur droite toutes les voies paraissaient occupées par des centaines, voire des milliers de convois et des guirlandes de lumière scintillaient dans la nuit glacée.

— C'est la ville de F-Station, dit Lien Rag la voix rauque. On les envoie en exil dans le Nord.

— Il y a eu des troubles sérieux là-bas, dit-elle.

Le spectacle est merveilleux.

— Certainement pas pour ces gens qu'on envoie en exil, dit-il. F-Station est une ville de cent mille habitants.

D'un seul coup le loco-car s'enfonça dans une tranchée profonde au fond de laquelle ne circulaient que deux voies. Floa ne réduisait pas pour autant la vitesse et il se crispa d'anxiété. Un bloc de glace pouvait à tout moment surgir, dans lequel ils se fracasseraient. Mais le loco-car devait disposer d'un système sophistiqué de protection.

— Ne vous inquiétez pas, dit-elle. Cette voie est bien entretenue malgré les apparences. Les difficultés sont pour plus tard. Lorsqu'elle deviendra unique.

— Unique ?

— Elle ne dessert plus qu'une mine abandonnée depuis cinquante ans au moins, quelques fermes isolées.

Une chance qu'il ne neigeât plus depuis la fin de la soirée. On pouvait distinguer le tracé de la voie jusqu'à une centaine de mètres. Automatique, l'aiguillage suivant les dirigea sur une ligne effectivement unique qui s'enfonçait dans le désert de glace. Par son métier il était habitué à ces voies oubliées et défectueuses, mais il ne s'y était jamais trouvé seul avec une fille un peu originale. C'était toujours au sein d'une équipe capable de réparer les rails ou même la machine. Et cette folle qui roulait encore à grande vitesse.

Ils passèrent en un éclair auprès d'une ferme d'élevage de rennes où brillaient quelques lumières. Plus loin il y eut une exploitation agricole sous dôme où un soleil artificiel brillait nuit et jour. Il crut apercevoir des champs de blé et de maïs nains, mais bientôt il n'y eut plus rien et la trépidation des glisseurs indiqua une déformation des rails. Floa ralentit enfin sa vitesse, alluma un de ces cigares verts si à la mode depuis quelque temps. Lien refusa d'en prendre un.

— Dans deux minutes nous nous arrêterons sur une ancienne voie de garage. Il y a même une petite gare du temps jadis à moitié ensevelie par les glaces. En cinquante ans elles ont monté de quelques mètres seulement dans ce coin.

— C'est un phénomène très connu encore que mal expliqué, dit Lien.

— Des Roux l'habitent. Mais on n'a rien à craindre.

— Je n'en ai jamais vu de près, dit-il.

— Laissez ceux-là, dit-elle. Nous en verrons d'autres.

— Mais qui nous attend sur cette voie de garage ?

— Personne.

Le loco-car s'arrêta en effet sur des rails recouverts de neige que le système de réchauffement des glisseurs faisait fondre.

— Nous avons quelques centaines de mètres à faire à pied, êtes-vous prêt à subir l'épreuve ?

— Voilà qui explique les combinaisons isothermes, murmura-t-il inquiet.

Il referma soigneusement son capuchon à lucarne équipé d'un système spécial de filtrage et de réchauffage de l'air, mais malgré tout il éprouva une sensation de froid mortel lorsqu'il descendit du véhicule et que ses bottes s'enfoncèrent de quarante centimètres dans la neige fraîche.

Plus loin ils trouvèrent un sol plus dur et ils passèrent à côté de la petite gare de style baroque dont seul le dernier étage dépassait de la neige. Cinquante ans plus tôt, la Compagnie n'avait pas encore complètement équipé sa concession et il subsistait des isolés qui devaient rejoindre le chemin de fer par leurs propres moyens. Parfois à bord de traîneaux à vapeur, mais le plus souvent tirés par des rennes ou des chiens pour les plus pauvres. Mais ce genre de locomotion ne demeurait plus que dans des zones vraiment inaccessibles, du côté de l'ancienne Baltique où des communautés de pêcheurs vivaient sur la banquise et utilisaient des traîneaux à traction animale.

Malgré son entraînement physique, il s'essouffla plus vite que Floa qui paraissait danser en marchant et prenait toujours quelques mètres d'avance. Enfin il aperçut une lumière et la forme vague d'un groupe de bâtiments anciens.

— C'est le dernier étage d'un ancien immeuble qui devait en comporter au moins quatre-vingts, dit-elle. Mes copains ont essayé de descendre jusqu'à l'ancien rez-de-chaussée, mais la glace est dure comme du roc à partir du dixième étage.

— Vos copains ? Des marginaux ?

— Pourquoi pas ?

Des marginaux de luxe car sitôt franchi le sas de l'entrée une chaleur excessive les accabla. Sans attendre, Floa ôta sa combinaison et apparut en tunique très courte qui s'arrêtait en haut de ses cuisses.

— Je ne peux quand même pas me montrer en slip, dit Lien.

— Ça n'a aucune importance. Tout le monde est certainement à poil. Ils l'étaient en effet. Une vingtaine de garçons et de filles mais aussi des gens plus âgés. Il fut gêné par la vue d'une femme mûre dont les seins pendaient très bas. On ne fit pas tellement attention à eux. On écoutait un homme assis plus loin et dont Lien n'apercevait que la longue chevelure rousse. Il tressaillit, se releva et n'eut plus le moindre doute. C'était un Homme Roux qui parlait d'une voix monotone.

— Mais il parle comme nous, chuchota Lien. On se retourna et Floa fronça les sourcils, se pencha vers lui.

— Taisez-vous donc.

— Chasse un jour bonne, un jour mauvaise… Hier, avant-hier, des loups, beaucoup de loups.

L'homme leva la main pour indiquer la hauteur des peaux de loup préparées par son groupe.

— Mais toujours le marchand pas content…

Il se leva soudain et Lien put voir qu'il était entièrement nu et recouvert d'une toison laineuse d'une belle couleur fauve. Il tenait à la main une peau de loup gris argenté qu'il montra aux gens les plus proches. Elle passa de main en main.

— C'est du chien, dit Lien à Floa.

— On dirait bien du loup pourtant.

— Un dollar le marchand, expliquait l'Homme du Froid.

— Ça vaut bien dix dollars, protesta une fille brune dont les yeux brillaient. (Elle était assise à côté de l'Homme Roux et avait un petit sourire quand le sexe long oscillait entre les cuisses musclées.)

— Comment accepte-t-il de venir ici ? chuchota Lien à l'oreille de Floa.

— Il leur a fallu des mois pour les attirer...

La plupart du temps les hordes d'Hommes Roux fuyaient devant les gens. Lien se souvenait d'en avoir vu filer dès qu'il arrivait avec son équipe. Il n'en avait jamais vu d'aussi près.

— Ils ne travaillent pas à déblayer la neige des dômes ?

— Pas celui-là ni ses compagnons. Ils chassent les bêtes à fourrure pour des marchands.

— N'est-ce pas illégal ?

— Plus ou moins.

Lien regardait autour de lui, découvrait que l'endroit avait dû être dans le temps une cellule d'habitation confortable. Un appartement, comme on disait alors. Étant donné l'exiguïté des habitations sur rails, il trouvait celle-ci spacieuse. Le sol était recouvert par un tapis collé assez épais. Mais on y avait disposé des peaux de bêtes et des fourrures. L'Homme Roux devait vendre le produit de ses chasses au groupe de marginaux. Il y avait même des fourrures inconnues de Lien. Seuls les carnassiers avaient survécu à l'apparition de la période glaciaire, mais certaines espèces, comme les lièvres des neiges, avaient subi une évolution qui avait fait d'eux des mangeurs de viande, leur proie préférée étant les rats qui pullulaient bien que n'ayant pas changé de mœurs alimentaires. Ils creusaient dans les glaces pour atteindre les silos de grains et dévastaient toujours les cultures sous dôme.

L'Homme Roux accepta un verre de la part d'une fille et le but d'un trait. Le groupe lui acheta ses fourrures après quoi il sortit de la pièce.

Dès lors l'atmosphère devint moins recueillie. Lien avait eu l'impression que tous ces gens-là faisaient une sorte de sacrifice, dans le sens de messe, en écoutant l'Homme Roux, et que débarrassés de sa présence ils étaient en fait soulagés. On lui présenta tout le monde et il finit par apprendre que le groupe s'était constitué depuis des années avec des hauts et des bas.

— Mais l'énergie ? demanda-t-il à plusieurs reprises avant d'obtenir enfin une réponse.

Il apprit qu'il existait un trafic clandestin de bois et de charbon sur tout le territoire de la concession de la Compagnie. Un trafic très bien organisé et qui empruntait même les grandes lignes de chemin de fer. Il en fut très surpris.

— Tout est basé sur le troc. Nous exploitons cet immeuble comme une mine. Par exemple nous récupérons des métaux aussi précieux que le plomb et le cuivre. Vous savez qu'un panneau de bois d'une porte ancienne vaut une petite fortune ? Bien que de fabrication industrielle, ils sont très recherchés par les antiquaires.

Mais Floa l'entraîna dans la pièce voisine et lui montra un tableau étrange sous verre.

— On dirait, dit-il, des fleurs anciennes.

— Ce sont des fleurs, dit-elle. Mais pas anciennes.

— Leur culture est interdite. Il faudrait gaspiller trop d'énergie pour en produire sous dôme.

— Celles-ci n'ont pas été produites sous dôme. Enfin presque. Elles viendraient d'un endroit où il n'y aurait plus de glaces du tout.

Lien haussa les épaules :

— C'est une légende têtue depuis quelque temps. On m'a ainsi montré un brin d'herbe qui aurait poussé au bord d'un ruisseau naturel. Il ne faut pas trop croire à ces inventions. Elles sont à la fois faites pour donner du rêve aux gens mais peuvent se révéler dangereuses. L'âge de glace durera encore au moins deux cents ans mais d'autres spécialistes pensent plutôt cinq cents.

Elle lui prit le bras et dans le couloir se pressa soudain contre lui et l'embrassa sur la bouche. Elle joua des hanches pour que son ventre épouse le sien et jusqu'à ce qu'elle provoque son érection. Alors elle s'écarta et il se trouva ridicule avec son slip tendu.

— Et la Voie Oblique, tu connais ?

— C'est la deuxième fois qu'on m'en parle aujourd'hui, répondit-il en pensant à autre chose.

— Qui l'a fait la première fois ?

— Le lieutenant Skoll de la Sécurité.

— Je le connais, fit-elle avec une voix troublée... Il est très dangereux. Mais que sais-tu de cette Voie Oblique ?

— Pas grand-chose. J'imagine que c'est également un mythe. Une voie qui traverserait la concession de la Compagnie et conduirait à une sorte de paradis où la température serait supportable en dehors des dômes et des trains... Non, je n'y crois pas.

— Pourtant certains qui ont dit l'avoir trouvée ont disparu mystérieusement et je me plais à imaginer qu'ils sont maintenant dans un pays où il n'y a plus de glace.

Ils retournèrent dans la pièce où l'on buvait et mangeait. Il comprit que Floa avait rapporté des provisions à ses amis et que ceux-ci n'avaient eu que la peine d'aller les chercher dans le loco-car toujours garé à près d'un kilomètre de là.

Une fille brune s'approcha de lui et il remarqua tout de suite l'impertinence de ses petits seins dont la pointe « rebéquait » vers le haut de façon amusante.

— Vous êtes de la clique à Floa, hein ? Quel dommage ! Moi je suis d'une communauté voisine. On est venu en traîneaux à chiens. Je parie que vous êtes ingénieur de cette saloperie de Compagnie ?

— Non, glaciologue.

— C'est aussi idiot, dit-elle. Vous aimez vous envoyer une des héritières de la Compagnie ?

Je ne comprends pas qu'on accepte qu'elle vienne ici. Elle joue les affranchies mais ensuite elle est bien contente de rejoindre son loco-car et le palais de son père. Un jour j'ai vu passer ce fameux truc sur la ligne principale. Quel bazar ! On dirait une ancienne mosquée.

Elle glissa sa main sous son bras et l'entraîna sournoisement à l'opposé de la pièce.

— Vous me plaisez bien, vous savez. Mon nom est Ariel. Ça vous plaît ?

— Je croyais que c'était un prénom de garçon.

— Qui vous dit que je n'en suis pas un ? Qu'y a-t-il sous mon pagne, à votre avis ?

Il n'avait pas remarqué, trop fasciné par ses jolis petits seins, qu'elle portait une sorte de jupette en fourrure.

Elle éclata de rire et enfonça ses ongles pointus dans son bras :

— Vous vous inquiétez pas, je suis bien une fille. Mais que penseriez-vous de moi si je vous disais que j'ai déjà couché avec des Hommes Roux ?

— Que c'est votre affaire, dit-il.

— Je vous dégoûte un peu, non ? Ils sont bien mieux montés que vous autres qui vivez dans des cocons. Il paraît que la virilité des hommes n'a cessé de décroître depuis l'apparition de l'ère glaciaire.

— C'est possible, dit-il.

Il n'aimait guère ce genre de conversation. Les filles, marginales ou pas, étaient très libres de langage, mais ça lui paraissait aussi déplaisant que les plaisanteries entre hommes.

— Mais j'ai l'impression que vous n'êtes pas dans la grosse majorité, continua-t-elle. Tout à l'heure vous êtes revenu avec Floa et vous aviez le slip bien tendu.

— Excusez-moi, dit-il.

— Non, attendez, haleta-t-elle. Si tu veux... je t'invite à venir dans ma communauté... Tu as vraiment envie de retourner là-bas à G.S.S. ? Ou alors tu es vraiment amoureux de Floa ? Pourtant elle est frigide. Tu ne le sais pas ?

Il réussit à s'en défaire et retourna prendre un verre au tonneau installé sur une étagère. C'était un vin de fruit assez corsé et avec un goût agréable.

— Tu as fait la touche d'Ariel ? lui demanda la voix ironique de Floa dans le dos. Si tu veux te l'envoyer, j'attendrai... Je ne vais pas t'abandonner en pleine solitude à deux cents kilomètres de G.S.S.

— Deux cents ? fit-il éberlué. Mais nous n'avons pas mis une heure.

— Nous roulions très vite, dit-elle.

— Allons-nous rester encore longtemps ?

— Tu veux rentrer ?

Elle consulta une petite montre greffée dans son poignet et qui fonctionnait sur l'influx nerveux.

— Tu as raison, inutile de nous attarder ici.

— Pourquoi y sommes-nous venus, alors ?

Mais elle ne répondit pas. Ils furent conduits au loco-car par une équipe qui utilisait un traîneau tiré par tous. Floa leur avait apporté des quantités de marchandises diverses. Il y en avait pour une petite fortune et Lien estima que trois mois de son salaire n'y auraient pas suffi.

Il put enfin lui demander lorsqu'ils furent seuls, en train de rouler sur la voie unique, le pourquoi de cette escapade.

— Tu te répètes, dit-elle maussade.

Brusquement le loco-car s'immobilisa en pleine solitude glacée et il fut pris de frayeur à la pensée qu'une panne pouvait les bloquer des heures sur cette voie oubliée. Avant qu'on ne les découvre, leur source d'énergie pouvait se tarir et ils périraient de froid.

— Viens, dit-elle.

— Tu t'es arrêtée exprès ? demanda-t-il soulagé.

Elle passa dans la partie arrière du loco-car transformée en salon douillet et commença à se dévêtir.

— Je voulais aussi faire l'amour avec toi, lui dit-elle sarcastique. Ça te convient comme explication ? Nue, elle s'allongea sur le divan bas et large et lui tendit les bras. Elle parut apprécier énormément ce qu'il lui faisait mais les paroles perfides d'Ariel ne cessèrent de le hanter et il pensa que Floa lui jouait la comédie de la femme comblée qui jouit éperdument

sous les caresses de son amant.

Le retour fut silencieux. Lorsqu'ils rejoignirent la grande ligne sur la voie prioritaire n° 4, ils aperçurent encore les lumières de F-Station en route vers son destin d'exil. À dix, douze kilomètres à l'heure, elle n'en finissait pas de passer, la grande ville.

— Tu crois qu'ils sont vraiment malheureux ? demanda-t-elle. Que certains font l'amour pour oublier ?

— Ils doivent être très angoissés.

— Pourquoi se révolter, aussi ? C'est absurde dans notre vie actuelle.

— Tu en parles à ton aise, dit-il. Pour toi cette période glaciaire s'écoule dans le plus grand confort. Eux ils sont rivés à leur ville sur rails. Ils ne disposent d'aucun véhicule privé, même pas des plus ordinaires avec boîte rouge pour s'en évader.

— N'exagérons rien, il y a les express... Ils peuvent partir en voyage.

— Pour visiter d'autres F-Station tout aussi moches ? Elle haussa les épaules :

— J'ai l'impression que tu es devenu contestataire depuis tout à l'heure. Est-ce la fréquentation de cette fille, Ariel ?

— Je l'ai vue deux minutes.

— Tu sais qu'elle se fait mettre par les Roux parce qu'ils ont de gros sexes ?

— Je n'aime pas parler de ces choses-là.

— Ça te dégoûte ou ça t'excite ? Tu aimerais te faire une Rousse ?

— Je t'en prie.

— Il y en a de chouettes, malgré leurs fourrures légères. Hum, ce doit être doux, non ?

Pour la première fois de sa vie il assista un peu plus loin à un spectacle peu banal. Plusieurs trains de guerre blindés et une forteresse impressionnante immobilisés sur une des voies à cause de leur petit loco-car qui jouissait de la priorité absolue. Floa rit franchement de son étonnement :

— Voilà qui retardera la guerre de quelques secondes, dit-elle. Des gens auront peut-être la vie sauve grâce à moi.

— D'autres peuvent tout aussi bien en mourir.

— Tu n'arrêtes pas de me contrarier. Tu n'es pas un garçon facile. Mais tu fais bien l'amour.

— Comment puis-je en être certain ? fit-il. Mais il regretta aussitôt ses paroles. Floa devint livide et le fixa avec haine :

— C'est Ariel qui t'a dit que j'étais frigide ?

— Est-ce vrai ?

— Je n'ai pas à te répondre. Imagine ce qui te plaira.

Il crut qu'elle l'abandonnerait à proximité du palais du gouverneur mais elle le déposa tout à côté du train des glaciologues.

— Merci, dit-il. Je te ferai parvenir cette combinaison. Pourras-tu me retourner mon uniforme ?

— Demain, fit-elle sèchement.

Elle le laissa descendre sans le regarder et démarra tout de suite après. Il pénétra dans la voiture de tête, se dirigea vers sa petite cellule. À ce moment la porte de celle de Farell s'ouvrit et une fille, nue, de grande taille et brune en sortit.

— Oh ! fit-elle, excusez-moi.

Avec un sourire elle glissa entre lui et la cloison pour se diriger vers la salle d'eau. Il remarqua qu'elle avait de très jolies fesses, mais pourquoi étaient-elles toutes pailletées d'argent ? Est-ce que son ami et adjoint avait eu l'idée de lui appliquer une peinture quelconque ?

Il attendit qu'elle ressorte pour occuper à son tour l'endroit.

— C'est quoi ? demanda-t-il en pointant son index sur une des paillettes argentées.

— Je suis danseuse au cabaret Miki, dit-elle. Vous êtes Lien Rag ? Go m'a parlé de vous.

Elle lui tendit la main et il sourit de la cocasserie de la situation. Il était trois heures du matin et il était en train de serrer la main d'une danseuse nue dans son propre wagon.

3

À huit heures la plupart des membres de l'équipe de glaciologie se trouvaient à leur poste mais aucune autorisation de départ n'était encore arrivée. Lien s'était réveillé la tête lourde et l'esprit préoccupé par les événements de la nuit. Dans son sommeil, il avait en vain essayé d'élucider l'attitude de Floa, la fille du gouverneur Sadon. Farell le rejoignit les yeux cernés et l'élocution pâteuse.

— À propos, j'ai vu cette danseuse cette nuit. Elle se baladait à poil dans la voiture.

— Yeuze ? Une fille épatante... Elle dort encore et je vais lui porter son petit-déjeuner. Tu crois qu'on va pouvoir partir ?

— F-Station doit encore encombrer les voies de la ligne du nord à une centaine de kilomètres d'ici. En moins de deux heures nous l'aurions rejointe. Il faudra attendre.

— Tu sais ce qu'on dit ? Que F-Station n'est autre qu'un camp de concentration que l'on déplace vers le front pour impressionner les combattants. Il y aurait eu des rébellions dans une forteresse et aussi dans des trains blindés.

— Un camp de concentration..., répéta Lien en frottant son crâne. Le coup de fil de la Sécurité arriva peu après. Il devait se présenter au lieutenant Skoll immédiatement. Aussitôt il pensa à sa sortie nocturne.

— Possible que j'aie des ennuis, dit-il à Farell. J'ai rencontré des marginaux cette nuit. Et même un Homme Roux.

— Dis, tu es encore soûl ? Passe pour les marginaux, mais un Homme Roux ? Tu plaisantes ?

— Pas envie. Je vais chez Skoll.

Le petit Asiate ôta ses lunettes lorsqu'il entra dans son bureau et commença de les essuyer.

— J'ai une bonne nouvelle pour vous, ingénieur glaciologue Rag. On vient de vous attribuer un loco-vapeur LB 117, un des derniers modèles construits. Il fonctionne à tous combustibles. Même à la bouse de renne dans les endroits les plus isolés. Mais nous allons vous attribuer des bons de charbon et de bois. Veuillez les user avec parcimonie et surtout ne les égarez pas. Ils se monnayent très cher et vous pourriez être condamné lourdement dans ce cas. Voici le bon de livraison du loco que vous irez chercher au dépôt 710. Prenez un expert avec vous car ensuite aucune réclamation ne sera admise.

— C'est une excellente nouvelle, lieutenant, fit Lien qui n'en revenait pas et était trop heureux pour trouver d'autres mots.

Skoll le regarda avec un petit sourire à la limite du mépris :

— Vous devez cette faveur au gouverneur Sadon. Son Excellence a insisté pour que ce vapeur vous soit accordé. Vous devenez ainsi un privilégié mais évidemment vous ne disposerez que d'une boîte rouge. C'est tout.

— Quelle est l'autonomie de ce LB 117 ?

— Vingt-quatre heures à vitesse moyenne, répondit sèchement Skoll.

Comme il se dirigeait vers la porte, le lieutenant le rappela :

— Un instant. Je sais où vous étiez hier au soir, cette nuit veux-je dire. Vous ne devriez pas fréquenter ce genre de personnages… Ce sont des parasites et des trafiquants.

— Je n'y suis pas allé de mon propre chef, répliqua Lien.

— Est-ce qu'il a été question de la Voie Oblique dans les conversations de ces misérables ?

Lien secoua la tête et le lieutenant lui fit signe d'aller. Il était si heureux qu'il téléphona à Farell pour lui annoncer la nouvelle :

— Envoie Lamo qui s'y connaît en vapeur au dépôt 710. Je l'y rejoins.

— J'y serai aussi. Je veux voir cette merveille.

Il prit une draisine, se fit conduire au palais du gouverneur Sadon pour le remercier, mais il ne découvrit que des voies vides. Le train du gouverneur avait quitté G.S.S. à l'aube.

— Son Excellence a rejoint sa Province, lui expliqua un employé.

— À l'aube ?

— Cinq heures.

Mais alors comment le lieutenant Skoll avait-il été contacté ? Floa était intervenue pour lui. Encore fallait-il qu'elle sache qu'il désirait depuis longtemps un vapeur.

— Hé ! lui dit le conducteur de la draisine, vous me gardez ?

— Oui, au dépôt 710.

— Ça fait une course.

Le petit véhicule zigzaguait parmi les rails de traverse. La Compagnie était si méfiante pour tous les engins n'utilisant pas de rails qu'elle ne conservait plus que quelques pousse-chariots sur les quais. Ils étaient interdits aux passagers.

Lamo se trouvait en train d'inspecter le dessous du LB 117 autour duquel tournait Farell hilare. Il vint frapper vigoureusement l'épaule de Lien à plusieurs reprises.

— Je n'y suis pour rien, dit ce dernier. C'est un miracle.

— La fille Sadon, hein ? Tu lui as vraiment tapé dans l'œil.

— N'exagérons rien.

Lamo s'extirpa de sous le loco, les mains graisseuses mais le visage satisfait :

— C'est du tout récent... On ne vous a pas collé un engin d'occasion. On doit même filer pas mal avec ça. Une nouvelle turbine sur les deux roues avant. Les bielles ne font qu'entraîner les roues arrière. Une chaudière ultra-perfectionnée qui fonctionne avec le minimum d'eau. Elle est tout de suite sous pression.

Lien alla régler les dernières formalités, reçut un plein de charbon liquide que l'on extrayait d'anciennes mines à la façon du pétrole, en injectant de l'huile minérale sous pression.

Enfin ils furent tous les trois à bord du LB, heureux comme des enfants.

— C'est fou, dit Farell, l'impression de liberté que l'on ressent.

— Oubliez pas la boîte rouge, dit Lamo plus réticent. Au moindre signal la machine s'arrêtera quand même.

— Seulement sur les grandes lignes. Mais nous pouvons emprunter autant de voies secondaires que nous le voulons, répondit Lien.

Yeuze, la danseuse de cabaret, se trouvait encore là lorsqu'ils attelèrent le loco-vapeur devant toute l'équipe. Elle portait des vêtements quelconques mais Lien fut frappé par sa beauté sereine de femme de trente ans. Elle avait de petites rides au coin des yeux qui lui allaient fort bien et une gravité dans le regard qui contrastait avec la vie qu'elle menait.

— Je vais partir, dit-elle. Le Miki quitte G.S.S. pour la Province 17. Nous allons passer plusieurs semaines dans une énorme exploitation forestière sous-glaciaire.

— Je connais, dit Lien. C'est la forêt d'Ots, du nom polonais Otsztyn. Elle est immense.

On avait creusé à près de quatre cents mètres et construit d'immenses galeries. Les bûcherons gagnaient une fortune et dépensaient l'argent sans compter.

Lien regretta de voir partir Yeuze et fut soudain agacé que Farell l'ait connue le premier.

— Une chic fille mais moins drôle que je pensais, lui dit son ami.

Dans l'après-midi, ils reçurent l'autorisation de quitter G.S.S. à la condition de ne pas dépasser la vitesse de quarante kilomètres à l'heure.

— Ça nous permettra de roder le LB 117, dit Lamo tandis que Farell faisait la grimace.

À trois heures, ils franchissaient le sas de contrôle puis le véritable sas qui constituait un tampon entre les moins cinquante extérieurs et les plus quinze sous le dôme. Tout de suite il fallut forcer le chauffage et surveiller les cadrans de la nouvelle machine.

Plus loin la grande ligne du sud-ouest rejoignait celle du nord et ils découvrirent les traces du passage de F-Station. Une ville de cent mille habitants en laisse de visibles lorsque ses égouts et ses ordures sont abandonnés en cours de route.

— Il faudra une bonne chute de neige pour faire disparaître tout ça, dit Farell dégoûté.

— Les Hommes Roux s'en chargeront, dit Lamo en montrant quelques silhouettes dans la brume épaisse. Ils vont tous se faire écrabouiller s'ils ne font pas attention.

Lien se retourna pour suivre du regard les Hommes du Froid. Que ramassaient-ils que les égouts de la ville aient pu abandonner de profitable ? Il ignorait tout de leur façon de vivre, de se nourrir. La Compagnie donnait des aliments à ceux qui nettoyaient les dômes des gares. Mais quelle sorte d'aliments ?

Et puis brusquement sans prévenir ils furent orientés sur une voie de garage en plein milieu du trafic, derrière un immense train de marchandises. Par radiotéléphone ils purent communiquer avec le chef de ce train.

— Nous sommes là depuis ce matin huit heures. À cause de cette saloperie de ville. Nous risquons de passer la nuit.

— Que transportez-vous ? demanda Farell toujours à l'affût.

— Des fibres synthétiques, des ballots de laine et des déchets radio-actifs.

— Dommage que ce ne soit pas de quoi boire, regretta Farell. Bon, je vais dormir un peu pour rattraper ma nuit.

Lien alla dans son bureau, essaya de travailler sur ses notes mais il était préoccupé. Il commença de rédiger sur une fiche la suite chronologique des derniers événements. De temps en temps il levait la tête. Il commençait à neiger tandis que des convois prioritaires ne cessaient de passer, lancés à toute vitesse. Parmi eux des convois de troupes, des trains blindés. On disait que la Compagnie en fabriquait deux par jour. Sur le front les combats pour une seule voie étaient parfois d'une férocité extrême. On n'hésitait pas à lancer deux trains blindés l'un contre l'autre. Ils explosaient dans un vacarme effroyable tandis que les combattants plus ou moins assommés continuaient le combat dans la neige. Ensuite la Compagnie publiait un communiqué de victoire si dix mètres de voies avaient été conquis sur la Compagnie ennemie. Il essaya de se souvenir combien de Compagnies se partageaient le monde. C'était un chiffre secret qu'il avait connu un jour sans savoir comment. Quatre, cinq ? Il l'avait oublié.

Le dîner fut pris sur place et Farell qui avait dormi plusieurs heures resta à l'écoute des informations fournies par la boîte rouge. Jusqu'alors elle était restée silencieuse. Dès que le trafic reprendrait, elle enverrait un signal sonore et lumineux à la fois.

— La dernière ville qu'ils ont déplacée c'était Iron Station, disait un des hommes de l'équipe. Ils avaient besoin de mineurs pour descendre à plus de quatre mille mètres. C'était une folie car le puits creusé dans la glace avait des ennuis fréquents. Il y avait des éboulements, des brusques changements de température qui l'obturaient à cause de l'air chaud qui montait de la mine. Les mineurs s'étaient mis en grève et ils ont tous été envoyés en camp de concentration.

— On dit que F-Station en est un, fit Lien avec réticence.

— C'est fort possible.

— Vous croyez qu'un camp de cent mille personnes existerait ? demanda-t-il avec anxiété.

Mais personne ne répondit.

Il alla porter un plateau garni à Farell qui surveillait toujours la boîte rouge et lui annonça qu'il le relèverait à minuit de toute façon.

Lorsqu'il se réveilla, ils roulaient à petite vitesse mais ils roulaient. Il rejoignit son adjoint dans la cabine de conduite mais Lamo s'y trouvait également. Il était si excité par la nouvelle machine qu'il ne trouvait pas le sommeil et préférait conduire.

— Dans une vingtaine de minutes c'est la bifurcation qui nous concerne. Puis nous filerons vers le site de Bia. En principe nous devrions y être à l'aube.

Il neigeait toujours, de gros flocons qui frappaient le pare-brise avec une force étonnante. En fait c'étaient des morceaux de glace, avec cette basse température. Mais on disait neiger comme dans le temps passé lorsque c'était signe d'un radoucissement de la température… Il y en avait toujours un mais celle-ci remontait de moins cinquante à moins trente seulement.

Lamo et lui restèrent seuls. Il aurait pu aller se coucher puisque l'homme était le véritable responsable de l'engin. Mais il n'avait pas sommeil.

— Toujours des traces de la ville ?

— Toujours. Il y aura des milliers d'excréments, des millions, en inclusion dans la glace.

Et puis ce fut la bifurcation, le claquement sourd de l'aiguillage automatique. Ils passaient sur une ligne secondaire qui conduisait à la petite gare de Kross Station.

— On peut le contourner, dit Lamo.

— Non. On s'y arrêtera quelques heures, le temps de vérifier tout le ravitaillement de bord.

Il n'était que quatre heures du matin lorsqu'ils franchirent le sas de Kross Station. La gare ancienne était sous un dôme qui ressemblait plus à une verrière gothique qu'à une bulle. Les portes du sas manœuvraient en couinant et il fallait stationner dix minutes avant que celle d'aval ne s'ouvre à son tour.

— Ils limitent la température à huit degrés, expliqua Lamo qui lisait les instructions ferroviaires dont un exemplaire écorné traînait toujours dans sa poche. Manque d'énergie. C'est un rendez-vous d'éleveurs de rennes et de producteurs de maïs. Une gare-marché en quelque sorte.

Malgré l'heure matinale, il y régnait une activité fébrile. Des trains entiers de bestiaux étaient en formation. On voyait également des rennes traverser les voies en troupeaux serrés, pour grimper non sans réticence dans les wagons. Des gens ramassaient leurs bouses qui, séchées, constitueraient un combustible intéressant. De petits véhicules auraient pu fonctionner avec, mais c'était surtout le chauffage qu'il alimentait.

Lien alla boire un thé à la vodka parmi les groupes des éleveurs et des paysans, se fit ensuite confectionner un sandwich au filet de renne frais. Il mordit dedans avec plaisir, écouta les conversations. Il n'était question que du cours de la viande et du maïs. Rarement de la guerre. Il pensa à l'étonnement qu'il aurait suscité en parlant de cette ville qui était dirigée vers l'exil polaire. Personne ne l'aurait peut-être cru. Ici les agents de la Sécurité étaient discrets. Il leva les yeux vers la verrière mais l'épaisseur de glace empêchait de voir si des Hommes Roux se trouvaient au travail.

Il se tenait en bout de bar lorsqu'un coude s'enfonça dans ses côtes. Il crut que Farell venait de le rejoindre mais ne découvrit qu'un garçon au regard étrange et aux longs cheveux bruns qui flottaient sur ses épaules.

— Le loco-vapeur, c'est vous ?

Lien inclina la tête tout en mastiquant avec appétit.

— Vous avez des bons de combustible à vendre ? Sa tête se secoua pour répondre non.

— Cent dollars, mon vieux.

— Je suis désolé.

— Bon, je vois. On ne vous la fait pas. Vous connaissez les tarifs. Deux cents dollars.

C'était son salaire mensuel. Il regarda son voisin et lui trouva l'air plutôt sympathique mais il n'avait pas envie de continuer sur ce sujet.

— Je veux bien vous payer quelque chose à boire ou à manger, mais ne parlez pas de ça.

— Vous pouvez utiliser le courant de la Compagnie, remplir vos batteries. Personne ne se doutera que vous avez vendu un bon. Deux cent cinquante dollars.

— Non, c'est impossible. Adressez-vous ailleurs.

— Il n'y a presque jamais de loco-vapeur, ici, à Kross. À part ceux de la Sécurité. L'an dernier un capitaine vendait ses bons ; mais il a été pincé et remplacé.

Lien écarta les mains en signe d'évidence pour lui faire comprendre qu'il ne voulait pas subir le même sort.

— Non, dit l'autre. Qu'avez-vous à vendre ?

— Rien.

— Quoi, vous devez avoir des tas de provisions. J'ai regardé. Vous avez un garde-manger terrible. Je suis acheteur de thé, de pain congelé, et de farine. Et tout ce que vous voudrez.

— Laissez tomber, vieux. Il y a des types de la Sécurité qui viennent d'entrer. Faites attention.

L'inconnu sans se retourner s'éloigna discrètement et Lien put terminer son déjeuner tranquille. Il s'accouda au bar et regarda l'animation de la gare. Des rennes descendaient des trains des éleveurs pour embarquer dans ceux des maquignons. Un mouvement qui n'en finissait pas et il se demanda si c'était ainsi toute la journée, posa la question au serveur qui lui apportait un verre de bière.

— Jusqu'à midi seulement. Plus tard ce sera les marchands de primeurs. Mais vous savez, on peut s'amuser à Kross Station.

Discrètement il lui passa une carte de petit format qui tenait dans la main. On y voyait une femme nue très occupée avec un homme aussi nu qu'elle.

— C'est à deux pas. Sur la voie 51. Un endroit select, vous savez. Dix dollars seulement.

— Merci, dit Lien en mettant la carte dans sa poche. Il but lentement sa bière et rejoignit ensuite son convoi. Farell se levait, Lamo avait effectué un inventaire des stocks et affiché la liste des choses

manquantes à sa porte.

— Je vais faire les achats. On trouve un coin potable dans le secteur ?

— Ça peut aller. Il y a même un bordel.

— Tu parles, avec ces maquignons pleins de fric... Normal. Il ne fait pas chaud dans ce pays. Les radins, à peine huit degrés. Même pas. Ils doivent avoir des difficultés d'attribution d'énergie.

Le jour était déjà levé, un jour glauque lorsqu'ils passèrent le sas de Kross Station. Pendant une heure ils longèrent d'immenses étables sous dôme où étaient attachés des rennes. Les bêtes vivaient toujours à la même place, fournissaient du lait, des peaux et de la viande. Plus rarement il y avait des exploitations de maïs nain. Une de ces fermes pouvait fournir la nourriture de plusieurs étables. Puis les fermes se firent plus rares.

— On va devoir trouver notre aiguillage, annonça Farell. Ce n'est pas l'évidence puisque, paraît-il, le signal électronique ne fonctionne pas depuis quelque temps.

— Si le signal de la borne 113 fonctionne, tout ira bien, dit Lien qui consultait ses instructions ferroviaires. À partir de là il faut compter seize kilomètres trois cents. Espérons que le compteur sera juste et que nous n'aurons pas à patauger dans la glace.

Mais la vieille voie abandonnée se révéla à eux un kilomètre avant l'aiguillage. Elle surgissait entre deux blocs de glace taillés en falaise et longeait la voie actuelle.

— Je n'avais pas imaginé qu'elle serait à contresens, dit Farell. Il faudra repartir en marche arrière donc ?

— Aucune importance. Nous serons seuls sur cette ligne.

Mais l'aiguillage refusa de fonctionner automatiquement et ils durent descendre pour le dégeler.

Deux hommes allèrent chercher un chalumeau pour le dégager entièrement. Enfin il se débloqua et Farell s'engagea avec prudence sur la vieille voie, certainement abandonnée depuis des années.

— Une chance si plus loin elle n'est pas sous des mètres de glace qu'il faudra détruire au lance-flammes.

On leur avait toujours refusé un équipement laser qui pouvait faire fondre les montagnes de glace. Ils roulèrent pendant quelques kilomètres puis Farell stoppa la machine.

— Il faut que j'aille voir, dit-il. Heureusement que j'ai conservé mon isotherme.

Il resta absent cinq minutes et revint, le visage préoccupé.

— Qu'est-ce qui ne gaze pas ?

— Je m'en doutais un peu. L'aiguillage avait drôlement gelé parce que quelques heures plus tôt on l'avait dégagé à l'eau chaude. Un procédé idiot qui ensuite forme une carapace. Il y a un truc devant nous. Un petit véhicule autonome.

— Un vapeur ?

— Je ne sais pas.

Mais ils atteignirent le point Bia sans avoir aperçu le moindre véhicule et Lien pensa que son ami avait eu des visions.

— Aujourd'hui nous faisons nos mesures, expliqua Lien. Demain nous commençons la construction de la voie provisoire qui nous éloignera d'une centaine de mètres d'ici. Je pense que ça suffira pour effectuer nos forages.

Il leva la tête et aperçut la silhouette de l'Homme Roux qui se tenait à un demi-kilomètre de là. Il fut incapable de parler et fit signe à son ami qui se retourna pour regarder à travers les doubles vitres de la fenêtre.

— Pas possible, fit son adjoint.

— Si. Il doit y avoir un campement.

— En général ils rôdent autour des stations et des villes.

— Mais ils chassent aussi. Le loup et toutes les bêtes à fourrures.

Farell le regarda avec méfiance :

Mais comment le sais-tu ? Il n’y a que de très rares livres sur les Hommes Roux.

— Je le sais, c’est tout, répondit Lien avec agacement.

— Il a disparu, constata Farell.

4

Lien dormait encore lorsqu'on tambourina violemment à la porte de sa cabine. Il se dressa sur son lit sans réaliser immédiatement où il se trouvait, entendit la voix de Farell :

— Viens vite !

Il s'habilla sommairement, sortit dans la coursive qui partageait la voiture, rejoignit son ami dans la petite salle à manger.

— C'est Yan le technicien sismologue qui voulait aller placer quelques charges à distance qui les a vus.

— Des loups. Peut-être des dizaines de loups.

— Tu veux rire, s'indigna Farell. Plus de cent, oui !

Et j'ai l'impression qu'ils nous assiègent.

C'était la troisième journée qu'ils passaient sur le site de Bia. La veille, ils avaient terminé d'installer une bretelle de raccordement, un aiguillage provisoire et deux cents mètres de rails pour s'écarter de l'unique voie où, disait-il, il ne pouvait passer personne, mais Lien avait tenu à agir conformément au règlement de la Compagnie.

— Tu as d'ailleurs eu l'impression qu'un véhicule était passé récemment. Il peut y avoir des fermiers isolés ou des marginaux installés dans le coin. Nous ne devons pas bloquer la seule voie d'accès. Et lorsque la foreuse sera opérationnelle, nous ne pourrons dégager les rails rapidement. Il faudrait au minimum une journée pour remonter le trépan.

C'étaient des loups énormes. Il n'en avait jamais vus de semblables même dans les zoos. D'authentiques fauves descendants de ceux qui survivaient en Pologne avant la nouvelle ère glaciaire. L'apparition des basses températures en provoquant la panique des hommes avait été favorable au développement de leurs races. Ils devinrent les principaux prédateurs de la nouvelle période. Les plus nombreux en tout cas car il existait aussi des tigres des glaces, des grizzlis et d'autres animaux plus fabuleux, garous de toutes sortes que personne n'avait jamais vus en réalité mais la légende était tenace. Et puis, bien sûr, les Hommes Roux, dont le mystère restait entier.

— Ils nous encerclent, dit Farell.

Toute l'équipe se réunissait dans la petite salle à manger qui avait des ouvertures sur les deux côtés de la voiture. Les loups formaient approximativement un cercle. Certains étaient assis sur leur train arrière, d'autres allaient et venaient. Ils étaient d'un gris brillant, atteignaient jusqu'à un mètre cinquante au garrot.

— Ils ne paraissent pas faméliques.

Yan le sismologue, mal remis de son émotion, expliquait comment il s'était levé avant l'aube pour aller disposer ses charges explosives tout autour du convoi. Par chance, il emportait un projecteur très puissant. La première chose qu'il avait vue c'étaient des points lumineux dans la nuit glacée.

— Je n'ai pas pensé à des yeux de fauves. J'étais intrigué. Et puis il y a eu l'odeur, celle de viande avariée.

Ils empestent. Je n'ai eu que le temps de revenir en courant et je suis sûr d'avoir claqué ma porte à la gueule de l'un d'entre eux.

— Nous avons dépassé le chiffre de la centaine, dit un autre technicien. Je ne pense pas qu'on ait jamais vu une telle concentration de ces sales bêtes.

— Bon, dit Lien. Pour l'instant elles ne nous gênent pas beaucoup. Nous allons effectuer les travaux qui ne nous obligent pas à sortir. Elles finiront bien par s'en aller.

Chacun essaya de se conformer à ce programme mais chaque fois qu'un regard se portait à l'extérieur, c'était pour y découvrir les loups toujours en attente. Mais à midi la nervosité de chacun était perceptible et Lien n'échappait pas à ce début de tension. Le repas fut pris dans des conditions assez

spéciales et avant la fin Yan se leva d'un coup.

— Écoutez, dit-il. Je dispose d'explosifs qu'on peut leur balancer à la gueule. Cela suffira à les faire filer. Pourquoi attendre plus longtemps ?

— Du calme, fit Lien. Ils finiront bien par s'en aller.

— Je ne le pense pas, dit quelqu'un. Ce qu'il nous faudrait c'est une arme.

— On peut utiliser le lance-flammes.

— Nous avons du travail. La mise en place du forage doit seule nous préoccuper.

Dans l'après-midi, Farell demanda à Lien de l'accompagner jusqu'au poste de pilotage du loco-vapeur. Il lui montra dans le crépuscule embaumé quelques loups éloignés.

— Je les ai observés longuement. J'ai l'impression que ces animaux ne sont pas là volontairement.

— Ça veut dire quoi ?

— Ceux-là ont essayé de s'éloigner et ils sont revenus aussitôt, comme s'il y avait quelque chose ou quelqu'un qui les force à ne pas sortir d'un certain périmètre.

— Tu fantasmes.

— Je ne crois pas. Ces bêtes sont bien nourries, elles n'ont aucune raison de nous assiéger. Tu sais ce que je pense ? Qu'on veut nous tenir à l'écart.

— Tu exagères... Ne bois-tu pas un peu trop de vodka, ces temps-ci ?

Farell prit un air offensé et Lien lui tapota l'épaule pour s'excuser :

— Allons travailler. Nous avons encore du boulot pour mettre cette foreuse en place.

— Quand irons-nous chercher le reste du matériel à Kross Station ?

— Pas demain comme je le pensais mais après-demain.

Il s'agissait surtout de matériel de forage ultramoderne que la Compagnie devait livrer à la petite gare de Kross Station.

— Pourquoi me demandes-tu ça ?

— Je voudrais savoir ce que vont faire ces loups lorsque nous essayerons de rejoindre la voie ferrée avec le loco-vapeur.

— Que veux-tu qu'ils fassent ? Ils ne peuvent pas nous en empêcher. Et s'ils se jettent sous le loco, tant pis pour eux.

Farell ne paraissait pas tout à fait convaincu.

Ils travaillèrent très tard à la mise en place de la foreuse puis allèrent dîner. De temps en temps quelqu'un allumait un projecteur et dans la nuit vitreuse on voyait éclater des dizaines de petites étoiles.

— Ils sont toujours là.

Lien se demanda si les nerfs de certains résisteraient encore longtemps. Pourtant il connaissait très bien les membres de son équipe. Ils avaient vécu ensemble des aventures peu banales. Il se souvenait de la fois où le trépan avait crevé un réservoir de gaz naturel installé autrefois, avant l'ère glaciaire, dans une mine de sel. Ils avaient failli tous griller sur place et pourtant chacun avait gardé son sang-froid pour évacuer le wagon de la foreuse et s'éloigner au plus vite. Il y avait eu aussi cette descente au fond d'une crevasse vertigineuse, profonde de huit cent cinquante mètres. Ils avaient mis quatre jours pour atteindre le fond qui n'était autre qu'un charnier immonde d'animaux et d'Hommes Roux précipités là par accident, la faille n'étant décelable que trop tard. Ils avaient aussi opéré sur le front pour le compte du génie militaire qui désirait saboter les installations ennemies. Jamais personne n'avait craqué et voilà qu'une centaine de loups provoquaient une vieille terreur ancestrale.

Trois mini-groupes avaient été constitués pour que le travail se poursuive de nuit comme de jour. Lien décida de ne pas se coucher et de tenir aussi longtemps qu'il le pourrait, de crainte d'un accident. Il demanda à Yan le sismologue de rejoindre sa cabine, craignant qu'il ne puisse résister au désir de jeter des explosifs sur les loups. Il ferma le local où se trouvait le lance-flammes destiné à faire fondre la glace des congères.

Mais ce fut Yan qui provoqua l'incident le plus grave de la nuit. Certainement traumatisé par sa propre aventure, il se leva en pleine obscurité et armé d'un fort projecteur sortit à l'extérieur. Par chance un des hommes de l'équipe au travail qui regardait machinalement au thermomètre, la température intérieure de la voiture, se rendit compte d'une baisse brutale. Quelqu'un venait de franchir le mini-sas avec l'extérieur en ne prenant aucune précaution.

Ils regardèrent tous au-dehors et virent une forme qui braquait son projecteur sur les bêtes. En toute hâte. Lien revêtit une combinaison isotherme et se précipita lui aussi hors du convoi. Malgré ses vêtements protecteurs, il fut saisi par le froid brutal. La nuit le thermomètre descendait parfois à moins quatre-vingts.

— Yan, cria-t-il, mais la capuche protectrice et le filtre à air étouffaient en partie les paroles, les cris même.

Il vit Yan projeter son bras vers un groupe de fauves. Un explosif à auto-allumage. Mais au même instant une forme rampante se rapprocha à une allure fantastique. Une louve contournait Yan pour l'attaquer.

Par chance un autre technicien avait lui aussi enfilé une combinaison et se précipitait avec un petit chalumeau portatif. Il avait réglé la flamme aussi longue que possible et lorsque la louve sauta sur le dos de Yan il arriva derrière elle et lui enflamma son épaisse toison. Elle parut se recroqueviller, se détendre des quatre pattes pour un bond fantastique libérant le sismologue dont la combinaison crevée laissait échapper l'air chaud sous forme de jets de vapeur qui aussitôt se transformaient en filaments de glace. Le technicien au chalumeau continuait de harceler la louve avec une rage meurtrière. Yan, dégrisé, courut vers le convoi tandis que d'autres venaient aider Lien qui essayait de ramener l'homme au chalumeau.

Plus tard ils se réunirent tous, même ceux qui dormaient et que le remue-ménage avait réveillés. Lien tenait une tasse de thé à la vodka à la main et ruminait son intervention.

— Les loups sont à l'extérieur, dit-il, pour une raison que nous ignorons. Dès la première minute, nous avons considéré leur présence comme une agression.

— Qu'est-ce d'autre ? Ils ont le ventre plein, dit quelqu'un.

— Exact. Mais s'ils cherchaient autre chose ?

— Quoi donc ? Un contact ? Cela fit rire. Lien secoua la tête :

— Il est possible que quelque chose les attire irrésistiblement dans notre convoi. Une odeur, un ultrason, j'ignore quoi mais nous pourrions chercher dans ce sens-là.

— Inutile, dit Farell. Les loups sont là parce qu'ils ne peuvent aller nulle part ailleurs.

Soupirant d'agacement que son meilleur ami vienne ainsi le contredire publiquement, Lien s'efforça de rester calme :

— Tu m'as déjà dit qu'ils étaient comme coincés entre nous et un danger extérieur à leur cercle. Bon, d'accord, tâchons de savoir ce qu'est ce danger.

— On croit qu'ils sont les animaux les plus dangereux mais je suis certain qu'il y en a d'autres et de bien pires. Les légendes ne sont peut-être pas aussi stupides qu'on veut bien le dire. Depuis l'apparition de la période glaciaire, des êtres fabuleux ont manifesté leur présence.

— Des êtres fabuleux, fantastiques, fit Lien avec calme mais en laissant malgré lui percer son scepticisme.

— Il y a bien les Hommes Roux. Pourquoi n'a-t- on jamais pu élucider le mystère de leur résistance au froid et de leur seule présence ? Ils sont nus par moins cinquante degrés et leur haleine ne provoque même pas de vapeur.

— C'est exact, dit Lien. Leur métabolisme s'est adapté, voilà tout.

— C'est facile à dire. Il y a un siècle qu'ils sont apparus et ce fut la grande panique. On pensait qu'ils allaient attaquer, démolir les dômes, piller les convois. Vous avez lu comme moi ce que fut la grande peur de l'an cent cinquante de l'ère glaciaire ? Ils auraient mis cent cinquante ans avant d'oser se montrer ? Pourquoi des animaux encore plus sauvages, encore plus monstrueux n'observeraient- ils pas une prudence encore plus grande ?

Farell se versa un peu de vodka et parut défier Lien qui baissa les yeux.

— On a tué un être fabuleux il y a deux ans. Une sorte de garou qui mesurait trois mètres et avait une gueule d'ours. J'ai vu la fourrure de ce monstre.

— Dans une fête foraine, fit Lien qui regretta aussitôt son ironie.

— Non. Chez un chasseur de loups du Grand- Nord. Il avait vu ce monstre, mi-homme mi-ours, foncer sur lui.

— Si nous en revenions aux loups ? Je propose que demain nous prenions le loco-vapeur pour nous rendre à Kross Station par exemple. Nous traverserons la meute et nous verrons s'il y a réellement quelque chose qui les empêche de quitter notre environnement ou bien s'ils sont attirés par notre équipage.

Il y eut des murmures d'approbation et Farell se calma à son tour :

— Nous embarquerons tous dans le loco-vapeur.

— Sauf l'équipe de sécurité, bien entendu. Il faudra des volontaires pour rester sur place. Cela jeta un froid.

— Nous en parlerons demain au petit-déjeuner, dit Lien sèchement. Maintenant chacun dans sa cabine ou au travail. Et j'exige que les volets extérieurs soient tous baissés jusqu'à l'aube.

Depuis longtemps il n'avait pas usé d'un tel langage de chef et chacun en fut impressionné. Il n'y eut pas d'autre incident jusqu'à l'aube. Celle- ci était toujours lente à apparaître depuis que la Lune avait explosé pour former tout autour de la terre un nuage de poussière arrêtant les rayons du soleil. Depuis deux siècles et demi l'astre n'était plus visible. Il n'y avait plus de lever ni de coucher, juste cette laitance qui succédait à la nuit vitreuse. Et le froid était apparu en quelques mois.

Lien songeait souvent à cette période horrible. Il avait fallu que la Lune soit transformée en poubelle atomique pour qu'un beau jour la masse critique du plutonium soit atteinte et que le satellite de la Terre vole en éclats. Il conservait dans ses bagages une collection de cartes postales sur des levers et couchers de soleil en différents points du monde. Sur la mer Méditerranée, aujourd'hui banquise totale, sur les montagnes que la glace nivelait peu à peu. Deux cent cinquante ans après, ces images faisaient sourire et maintenant il avait parfois des larmes aux yeux lorsqu'il les contemplait.

Il se souvenait que lorsqu'il avait dix ans, une comète avait réussi à traverser le champ des poussières lunaires ceinturant la Terre à trois cent mille kilomètres, et que pendant quelques minutes le ciel, le ciel bleu était apparu. Des milliers de personnes éblouies avaient été frappées de cécité et la glace s'était soudain mise à fondre durant deux ou trois cents secondes. Il avait bien failli ne pas assister à l'événement car, par jeu cruel, ses camarades l'avaient enfermé dans un placard.

Trois hommes se portèrent volontaires pour rester sur place, dont Yan qui voulait effacer le souvenir de son coup de folie. Les autres s'installèrent dans le loco-vapeur, avec Lamo au poste de commande. On décrocha automatiquement l'attelage et la motrice commença d'avancer lentement.

Trois loups installés sur la voie provisoire levèrent leur museau en même temps puis se dressèrent et s'écartèrent juste à temps.

— Dommage, fit Lamo entre ses dents, j'aurais bien aimé les écrabouiller.

Il surprit le regard désapprobateur de Lien qui détestait ces manifestations passionnelles et murmura de vagues excuses.

— Si jamais l'aiguillage refuse de fonctionner ? demanda Farell. Nous n'avons rien prévu.

— Si, dit Lien. J'ai embarqué une lance à plasma.

Lamo ralentit à l'approche de la voie de raccordement et lança son signal radio pour l'aiguillage. Mais ce dernier refusa obstinément de bouger.

— Stop, dit Lien.

— On peut s'approcher encore un peu, dit Lamo. Mais lui aussi découvrait l'incroyable. Les deux rails provisoires qu'ils avaient disposés deux jours auparavant n'existaient plus. Le loco s'était arrêté à moins de dix mètres de la cassure brutale. Tout avait disparu. Tout leur matériel volant. Les rails, les

traverses souples et l'aiguillage.

— Je rêve ou quoi ?

— Non, dit Lien, personne ne rêve. Il n'y a plus rien.

— Juste ces saloperies, dit Farell.

Une dizaine de loups énormes venaient d'apparaître entre les congères.

— Vous voyez ce que je vois ? Leurs côtes comme s'ils n'avaient que la peau sur les os, et cette bave qui se gèle sur leur gueule ?

Ils étaient hideux, Lien en convint. Différents des autres, gras et plus paisibles. Ceux-là avaient des yeux de tueurs impatients.

— Pas question de descendre pour examiner l'état de la voie, dit Farell. De toute façon quelqu'un a fauché trente mètres de rails et un aiguillage. Le tout représente quand même quelques tonnes. Le démontage est assez facile mais il faut tout emporter... Quand je vous le disais qu'on nous avait envoyé ces loups pour nous occuper l'esprit. Pendant ce temps ils sabotaient la voie.

Lamo s'adossa à son pupitre de commande et demanda d'une voix douce :

— Combien de temps pouvons-nous tenir en produisant nous-même notre énergie ?

Lien trouva la question normale mais le prit de haut :

— Vous croyez que c'est le moment de faire un bilan ? Nous le ferons lorsque nous serons tous ensemble.

— On rentre ?

— Bien sûr.

Il n'y avait que quelque cent mètres pour se raccrocher avec le reste du train. La petite équipe restée sur place devait observer leur retour et s'interroger avec anxiété sur le motif qui les forçait à rentrer.

Lien pensa qu'il leur restait pour deux jours de charbon liquide et pour un jour de batteries, à condition d'économiser le maximum. Il comptait se rendre à Kross Station au plus tard le lendemain pour ramener outre le matériel de forage le combustible nécessaire. La foreuse par exemple engloutissait des dizaines de kilowatts à l'heure.

Tout le monde se retrouva dans la salle à manger et Lien dut faire un effort pour oser affronter le silence pesant de la réunion.

— Je crois que nous sommes en présence d'une volonté consciente qui veut nous isoler. Il nous est impossible de rejoindre le réseau de la Compagnie tant que nous n'avons pas rétabli l'aiguillage volant et les rails de raccordement. Sans armes nous ne pouvons éloigner les loups. Mais nous pouvons trouver des astuces pour les tenir à distance le temps nécessaire aux réparations.

— Allez-vous expédier un message radio ? demanda Yan.

— Pas pour l'instant. La situation n'est pas désespérée et vous connaissez les instructions en temps de guerre. Nous devons nous débrouiller seuls, sauf si la situation est vraiment désespérée.

— Attention, fit Yan. Si vous attendez demain, les secours mettront encore deux jours pour nous parvenir et nous trouveront tous gelés.

— Ne jouez pas les mauvais prophètes, dit Lien nerveux. En nous cantonnant dans un seul endroit nous pouvons tenir près d'une semaine. Mais nous réparerons la voie et nous irons à Kross Station chercher le reste de notre matériel. Ce ne sont pas quelques loups qui nous en empêcheront.

— Pas les loups mais ce qu'il y a derrière, dit Farell. Nous n'avons pas résolu ce problème. Les loups n'ont pas ôté les rails tout de même. Tu te souviens de ce que nous avons vu le premier jour de notre arrivée dans le coin ?

— Non, dit Lien sincère.

— Un Homme Roux. Si c'étaient eux...

— Tu ne vas pas t'imaginer qu'ils sont capables de telles choses ? Ils redoutent tout ce qui est technique. Ils n'oseraient pas toucher à un rail. D'autant plus qu'ils savent que la plupart sont électrifiés et dangereux.

— Pourquoi n'évolueraient-ils pas ? Il y a un siècle qu'ils nous approchent. Ils ont pu apprendre des tas de choses. Nous les considérons toujours comme des primitifs mais si nous nous trompions ? S'ils étaient plus organisés que nous ne le pensions ?

— Pas de conclusions hâtives et imaginaires, dit Lien. Notre problème c'est de nous raccorder au réseau.

— Le cordon ombilical est rompu, lança quelqu'un et Lien ne sut qui faisait preuve d'autant d'humour alors que la situation était aussi sombre.

D'ailleurs personne ne parut apprécier et seul l'auteur de cette boutade en dégusta l'amère justesse. Il avait déjà ressenti cette impression d'une coupure totale avec la Compagnie mère et chaque fois n'avait eu qu'une hâte, réintégrer le sein sécurisant. Sur ce monde de glace seule la ligne de chemin de fer permettait une vie convenable, voire une survie. La Compagnie fournissait le courant électrique, donc la chaleur. Même si on ne pouvait pas se déplacer on avait chaud et la moindre ferme isolée n'avait qu'à se raccorder à la voie la plus proche pour obtenir une température acceptable. Il ne comprenait pas ces marginaux qui prenaient des risques insensés pour devenir entièrement libres.

— Ne vous inquiétez pas, dit-il d'une voix émue.

Nous nous en sortirons comme à chaque fois.

Quelques sourires timides commencèrent d'apparaître sur les bouches crispées.

— Nous allons étudier toutes les possibilités pour éloigner les loups. Pour rétablir la voie et passer nous avons besoin d'une demi-journée de tranquillité.

Il se tourna vers Yan :

— Les explosifs, les chalumeaux, les lance- flammes, tout sera mis en œuvre. On peut aussi disposer des sortes de rigoles de charbon liquide enflammé.

— Il gèlera avant.

— Non, si on le réchauffe suffisamment. Je sais que c'est dangereux mais on fabriquera des sortes de marmites norvégiennes pour conserver le combustible à température chaude. Les loups ont peur du feu. C'est leur plus grande crainte d'ailleurs.

Puis il fit signe au cuisinier de préparer le repas.

— Soignez le menu, lui lança-t-il gaiement. Nous avons besoin de nous regonfler le moral. Nous discuterons de toutes les mesures à prendre en mangeant.

Au début ce fut assez laborieux. Les hommes mangeaient du bout des dents, restaient silencieux et Lien eut beaucoup de mal à les faire sortir de leurs préoccupations. Farell qui depuis l'apparition des loups se comportait étrangement, revint à de meilleurs sentiments et vola à son secours.

— Nous disposons heureusement d'un matériel de rechange. Nous ne ferons passer que le loco- vapeur ce qui nous permettra un ancrage plus rapide que le précédent.

Le cuisinier servit du vin de fruits et Lien remplit les verres avec un entrain qui était de moins en moins factice.

— Mais que décidez-vous pour l'appel radio ? demanda Yan qui n'abandonnait pas son idée. Ne faudrait-il pas au moins mettre les services de Sécurité de Kross Station au courant ?

— Pourquoi pas, dit Lien conciliant. Simplement les avertir et leur dire que nous les rappellerons régulièrement.

— Chut, dit Lamo, écoutez.

Malgré l'isolation du wagon, ils pouvaient entendre les loups hurler à la mort.

5

Ce fut un certain sergent Tod de la Sécurité de Kross Station qui répondit à son appel radio. Il écouta avec attention les explications de Lien avant de répondre :

— Que voulez-vous exactement ? Du secours ?

— Pas pour l'instant. Nous allons essayer de nous en sortir par nous-mêmes. C'est seulement si nous échouons que nous ferons appel à vous.

— Tâchez de l'éviter, répondit le sous-officier. Nous sommes sur les dents depuis avant-hier et nous ne pourrons certainement pas intervenir dans ce secteur.

— Que se passe-t-il, sergent ? demanda Lien surpris.

— Ça ne vous regarde pas. À propos, vous n'avez aucun vol à signaler ?

— Si, celui d'un aiguillage volant. Le tout représente une valeur de...

— On se fout de la valeur. Il s'agit d'un matériel stratégique. Vous allez avoir de gros ennuis.

— Matériel stratégique ? Mais le front est à des milliers de kilomètres, en Grande Sibérie et...

— Taisez-vous ! Vous devez venir à Kross Station faire votre rapport. Lien soupira :

— Je le voudrais bien mais je vous ai expliqué...

— N'abusez pas de la situation, répliqua le militaire. Nous vous attendons demain.

Il coupa la communication et Lien découvrit les visages perplexes de ses compagnons.

— On est presque accusés de sabotage si je comprends bien, dit Farell.

— Pourquoi sont-ils sur les dents ? demanda Lamo. Comment a-t-il pu deviner que nous avions eu des vols de matériel ?

La nuit les surprit en pleins préparatifs. Dès le lever du jour ils pourraient raccorder à nouveau la voie provisoire au réseau et tout serait différent. Mais cette nuit-là, les loups hurlèrent au cours de longues périodes éprouvantes pour l'équilibre nerveux.

Lien se leva vers trois heures et se rendit à la salle à manger. Il n'y avait personne, juste de quoi faire du thé et il s'en confectionna une tasse.

Yan entra comme un fou et Lien sursauta :

— Qu'y a-t-il ?

— J'ai enregistré ça.

Il montra un rouleau qu'il étala sur la table. De son doigt il indiqua ce que son sismographe avait surpris.

— Ça vient de la voie secondaire. Et ce n'est pas un tremblement de terre. Tu sais ce qui vient de passer à quelques centaines de mètres de nous ? Un convoi de près d'un kilomètre de long.

— Sur cette ligne abandonnée et non électrifiée ?

— Exactement. Un convoi. Un très long train. Tu comprends pourquoi on a voulu nous éloigner ? Ils ont eu peur qu'on ne revienne s'installer là-bas.

Lien se leva et fit quelques pas pour essayer de mettre ses idées au net. Depuis l'apparition des loups, tout le monde semblait l'agresser de vérités premières et de paroles délirantes. Il avait du mal à s'y retrouver.

— Écoute, calme-toi, bois du thé. Cette ligne est inutilisée. Relis les Instructions ferroviaires. Je l'ai fait moi-même ce soir. Même pas une ferme. C'est une région difficile que celle du secteur de Bia. La glace s'y accumule, y crée des congères géantes, des falaises, des crevasses comme des gouffres. Cette voie est juste capable de supporter un convoi comme le nôtre, quatre voitures, au maximum cinq. Un convoi d'un kilomètre en comporte une trentaine. Les rails se distordaient faute d'entretien. Les traverses ne sont plus solidement ancrées. Elles flottent sur la glace. Cette voie ne peut supporter un tel poids... Et plus loin elle disparaît sous des montagnes de glace. Des montagnes, tu comprends, oui ?

— Mes appareils n'ont pas la berlue. Ils ont enregistré un phénomène sismique qui provenait de la voie ferrée, c'est tout. Ici avec le hurlement des loups et l'isolation acoustique et thermique nous n'avons rien entendu.

— Un convoi avec un loco-vapeur, hein ?

— Pourquoi pas ?

— Il n'existe pas de loco-vapeur capable de tirer un kilomètre de wagons, fit Lien catégorique.

Attirés par leur discussion véhémente les autres arrivaient, Farell, Lamo, tous enfin. Ils écoutaient, regardaient le graphique et restaient perplexes.

— Si, se défendit Yan. Les gros locos qui tirent les palais des gouverneurs et des pontes de la Compagnie par exemple. Et pour tirer cette ville, F-Station, combien y avait-il de machines ?

— Machines électriques, rectifia Lien.

— On n'en sait rien en fait.

Fara leva la main et ils se turent. Dehors les loups ne hurlaient plus. Sur la table en plastique la tasse de thé de Lien vibrait doucement. Comme un fou il se précipita dans le sas de sortie, ouvrit la porte extérieure. Et cette fois ils n'eurent aucun doute. Tout y était, le halètement de machine à vapeur, les cliquetis, le tempo des traverses, le grondement sourd de la masse en mouvement. Quelqu'un referma la porte, entraîna Lien dans la salle à manger. En moins d'une dizaine de secondes il était devenu violet et ils durent le frictionner, lui faire boire de l'alcool. Comme son côté droit gardait une vilaine apparence on lui fit même une piqûre destinée à stimuler la circulation sanguine dans sa chair déjà gelée.

Lorsqu'il reprit conscience il était dans sa couchette, enveloppé dans une combinaison électrique. Farell le regardait en souriant.

— Tu as commis une imprudence et nous avec toi.

— C'était un convoi ? Sur cette ligne désaffectée..., murmura-t-il accablé.

— Oui. Les sismographes ont confirmé. Un convoi de près de deux kilomètres de long.

— Impossible.

— Si...

Lien se dressa sur ses coudes :

— Lance un message. Demande le sergent Tod et raconte-lui ce que tu as vu.

— Bien. Veux-tu autre chose ? Ta joue ? Lien la pinça et sentit un léger picotement :

— Ça ira. Mais préviens vite les autorités. Il y a des trains qui roulent sur cette voie abandonnée depuis des années. Ou alors nous avons tous eu des hallucinations.

— Pas les sismographes.

— Oui, fit Lien songeur, pas les sismographes. Lorsque Farell revint, le visage décomposé, Lien se levait, n'éprouvant plus qu'un léger étourdissement.

— La radio ne fonctionne plus. J'ai l'impression d'émettre depuis une cage de Faraday. Rien ne passe.

— Allons donc ! Il faudrait qu'un champ électromagnétique énorme nous enveloppe entièrement.

— Viens essayer.

Farell n'exagérait pas. Leur radio était muette. Son ami le regarda avec des yeux pleins de terreur :

— Et si l'ennemi avait débordé le front... S'il nous envahissait sans que nous le sachions en envoyant des convois derrière les lignes, des commandos spéciaux qui attaqueraient nos arrières.

— Je t'en prie, c'est impossible.

Dans la voiture des appareils ils étaient tous regroupés autour des sismographes. Yan leur expliquait qu'il avait affiné leur précision depuis le passage du premier train et que désormais, si jamais un autre convoi arrivait, il en serait prévenu au moins dix minutes avant qu'il ne roule en face de leur campement.

— Vous êtes sûr de la longueur du second ? Deux kilomètres sur cette ligne désuète me parait quelque chose de fabuleux.

— Nous vivons dans un monde fabuleux, dit stupidement Farell.

Yan confirma. Depuis tout à l'heure il s'était calmé et avait repris toute sa rigueur scientifique.

— Je peux même dire deux kilomètres trois cents.

— Cela représente entre cinquante et quatre- vingts wagons... Seule une ligne régulièrement entretenue peut supporter ce tonnage, dit Lien qui dut s'asseoir.

Son sang devait charrier des fibres congelées. Il pouvait mourir d'un instant à l'autre d'une embolie, d'un infarctus.

— Notre devoir..., commença-t-il.

C'était ridicule. Il ne pouvait pas parler ainsi même si la Compagnie avait merveilleusement assuré leur survie, celle des hommes, depuis le début de l'ère glaciaire.

— Nous devons avertir la Sécurité...

— Attends, dit Yan. Les convois roulent en direction du sud, pas du nord.

Cette fois il ferma les yeux. L'hypothèse de Farell sur une invasion de commandos de la Compagnie ennemie ne tenait plus.

— Bien, dit-il. De toute façon il s'agit d'une anomalie si l'on s'en réfère aux Instructions ferroviaires.

— Il s'agit de la ligne classée en catégorie « S » avec deux « X » à côté de son numéro qui est soixante- huit. Ce qui indique que la ligne est abandonnée purement et simplement et qu'on n'a même pas jugé bon de récupérer les rails et les signaux. Il a existé une petite mine de charbon exploitée par des particuliers mais fermée depuis deux ans. Elle était creusée dans la paroi d'une montagne qui dépassait de la glace. L'exploitation en était très déficitaire. Un jour la Compagnie a refusé d'entretenir la ligne et les gens sont partis.

Il n'y eut pas d'autres convois au cours de la nuit et ils purent dormir deux heures avant de se rendre à bord du loco-vapeur jusqu'à l'interruption des rails. Tous vêtus de combinaisons isothermes, ils sortirent soudain, tandis que les loups maigres du deuxième groupe les fixaient avec férocité. Mais dès que le lance-flammes entra en action, ils reculèrent, laissant le temps d'installer toute une protection de brûlots de chaque côté de la voie. Les rails de secours furent alors mis rapidement en place grâce à la petite grue qui équipait la loco. L'ajustement de l'aiguillage demanda beaucoup plus de travail et de soin mais les loups restaient à distance malgré leur faim. Ils devaient jeûner depuis des semaines pour avoir atteint un état aussi squelettique.

Lorsqu'ils approchèrent de la ligne secondaire à laquelle ils voulaient enfin se raccorder ils aperçurent les traces indéniables que laisse un train de voyageurs. Deux convois de trois kilomètres en tout chargés d'hommes, peut-être de femmes et d'enfants. Deux trains qui roulaient en direction du sud.

— Si j'essayais la radio, proposa Farell. Sans attendre, il se précipita vers la loco et revint cinq minutes plus tard très satisfait :

— J'ai pu émettre. Le sergent Tod m'a paru très sceptique. Nous avons ordre de revenir immédiatement à Kross Station.

— On s'y emploie, bougonna Lien qui travaillait à la mise en place de l'aiguillage volant. À midi le loco s'engagea prudemment sur la voie S 68 XX et le système résista.

Lien ne se détendit que lorsqu'ils eurent quitté la S 68 pour la L 34. L'apparition de la première ferme d'élevage fut saluée par des ovations mais jamais personne ne s'en douta sous le dôme transparent où poussait le maïs nain.

— J'ai emporté les graphiques du sismographe, dit Yan. Ils ne nous croiraient pas sinon. Tu crois que c'est très important ?

— Je l'ignore, dit Lien. As-tu déjà entendu parler de la Voie Oblique ?

— Comme tout le monde. On serait tombé dessus par hasard ?

Depuis qu'on les avait désignés pour l'étude glaciologique de ce secteur les événements se succédaient, insolites ou même étranges. La fille du gouverneur de la 17e Province l'invitait à une soirée, l'entraînait dans un milieu marginal, couchait avec lui et lui faisait attribuer un loco-vapeur. Il ne croyait pas que son charme seul avait agi sur Floa.

— Dans une heure Kross Station, annonça Lamo qui veillait à la conduite du LB 117.

Bien que sur une ligne secondaire, celle-ci se composait de plusieurs dizaines de voies au fur et à mesure qu'ils se rapprochaient de Kross Station.

— Hé ! cria soudain Lamo, nous sommes pris en charge.

Lien ne s'en inquiéta pas trop, pensa que la Sécurité de la Compagnie désirait les interroger avant qu'ils ne fassent part de leur histoire à d'autres.

— Nous n'allons pas vers Kross Station, fit Lamo un peu plus tard. On nous détourne.

— Le sergent Tod parlait de difficultés la dernière fois que je l'ai eu à la radio. Il est possible qu'il se soit passé des événements graves à Kross Station.

— Une gare pour l'expédition du bétail, fit Yan sans conviction. Je n'y vois pas les maquignons se bagarrer avec les producteurs pour le prix du renne. Il y a autre chose.

Ils s'éloignaient de Kross Station en direction de l'est et quelqu'un plaisanta en disant qu'on les envoyait directement sur le front, mais personne ne rit.

— Ce n'est pas une grande ligne en tout cas, dit Lamo qui piochait fiévreusement dans ses Instructions ferroviaires. J'ignore tout d'elle. Je ne la trouve pas dans ce district.

Deux voies seulement. Et ils ne croisaient aucun autre convoi, même pas un patrouilleur de la Sécurité ou une draisine d'entretien. La voie s'enfonçait entre deux parois de glace et soudain Lamo enregistra une pente de plus de 30 %.

— Hé ! ça devient dangereux.

— Renverse la vapeur.

— C'est ce que je fais.

— Nous aurions dû nous arrêter plus tôt.

— Pourquoi pas maintenant ? Lien secoua la tête :

— C'est interdit sur une ligne comme celle-ci. Il nous faut une voie de garage.

À son tour il feuilletait les Instructions mais ne parvenait pas à découvrir cette ligne. Soudain ce fut l'obscurité et Lamo s'affola un peu avant de donner la lumière.

— Un tunnel de glace !

Ce n'était pas exceptionnel et il y en avait sur toutes les lignes malgré le danger que cela représentait.

— Maintenant c'est de la roche, dit Yan. Nous sommes sous terre. Et notre vitesse reste constante. D'après sa montre, Lien estimait qu'ils auraient dû se trouver à Kross Station depuis au moins deux heures.

La Sécurité de cette gare aurait été tout aussi qualifiée que n'importe laquelle pour les interroger. Donc l'affaire était jugée d'importance capitale et la Compagnie les dirigeait vers un centre d'enquêtes et de recherches policières. Peut-être auraient-ils affaire aux services de renseignements

des opérations militaires.

Le loco-vapeur ralentit et vint s'arrêter le long d'un petit quai sur une voie de garage qui venait buter contre la roche du tunnel.

— Il n'y a personne.

— Restez calme. On va s'occuper de nous.

Soudain il y eut un phare puissant dans le lointain, ce qui annonçait un convoi important. Une minute plus tard un gros torpilleur de la Compagnie s'immobilisait à côté d'eux et un sas articulé fut établi. Une demi-douzaine de gardes en armes envahirent le loco-vapeur.

— Mains en l'air ! hurla un sous-officier à l'air féroce.

— Je suis le glaciologue Rag et nous avons signalé que...

Le sous-officier lui envoya son poing en pleine bouche. Le reste de l'équipe voulut réagir avec fureur mais sous la menace des armes dut y renoncer. Lien s'était à moitié affalé et se relevait en pressant sa main sur sa bouche, l'en retirait pleine de sang.

— Embarquez dans le torpilleur !

— Je suis responsable de ce loco-vapeur, fit Lien malgré ses lèvres tuméfiées.

Mais on le poussa brutalement en avant et il se retrouva dans une pièce entièrement métallique du torpilleur sur rails. L'engin démarra avec une puissance folle qui les fit tous basculer. Ils se retrouvèrent pêle-mêle dans le coin opposé à la marche.

— Je crois, dit Lien, que nous sommes entre les mains de la Sécurité Spéciale.

— Mais nous n'avons commis aucun crime. Lien hocha la tête :

— En effet. Mais ils doivent en juger autrement. Ils ne m'auraient pas traité aussi sauvagement si nous n'étions pas considérés comme coupables.

Pendant une demi-heure le torpilleur fonça dans une direction inconnue. Ils ignoraient où ils se trouvaient, sous terre, à la surface. Même Yan qui avait un certain sens de l'orientation n'était absolument pas sûr de ses intuitions.

— On ralentit.

Le torpilleur dut s'accrocher à un autre ensemble ferroviaire car il y eut un choc parfaitement révélateur. Une minute plus tard le même sous- officier pénétrait dans la cellule, leur faisait mettre les mains sur la tête.

— Sortez d'ici !

Ils traversèrent un sas en soufflet, longèrent un couloir avant de pénétrer dans une sorte de salle d'attente. Il n'y avait aucune ouverture sur l'extérieur. On les isola sur des sièges séparés. Et l'attente commença.

— Le glaciologue Lien Rag, lança une voix appartenant à quelqu'un d'invisible.

Deux gardes vinrent le chercher et le poussèrent dans l'ouverture d'une porte indécelable jusque-là. Il se retrouva dans un bureau austère où tout était en métal, en conclut qu'on les avait embarqués à bord d'une importante unité militaire.

Un gros homme était assis derrière une table stricte et le regardait avec sévérité. Il portait les insignes de commandant.

— Approchez.

Il obéit. Le commandant appuya sur un bouton et un hologramme apparut derrière lui.

— Vous connaissez cet homme ?

— Absolument pas. C'est un sergent mais je ne le connais pas.

— Vous mentez. Il s'agit du sergent Tod.

— Je ne le connais pas. J'ai eu un contact radio avec lui, c'est tout, pour lui faire part de nos difficultés. Ce matin un de mes collaborateurs lui a signalé que deux convois exceptionnels avaient circulé sur la ligne S 68 pourtant classée en double X et…

— Taisez-vous. Le sergent Tod est accusé de trafic de bons de combustibles et vous aviez avec lui des échanges codés pour mettre au point votre petit trafic.

— Mais c'est faux, fit Lien abasourdi et terrifié. Je ne connais pas le sergent Tod, je ne l'ai pas rencontré.

— À Grand Star Station on vous a remis des bons de combustibles. Qu'en avez-vous fait ?

— Je ne les ai pas sur moi… Ils sont restés sur le lieu de mon travail. Nous sommes partis très vite et…

— Vous mentez, dit le commandant. Vous les avez revendus. À Kross Station vous avez été contacté par cet individu.

Nouvel hologramme. C'était bien le garçon chevelu qui lui avait proposé d'acheter ses bons.

— C'est exact.

— Vous avouez ?

— J'ai refusé ce trafic méprisable. Le commandant haussa les épaules :

— Nous avons toutes les preuves. Vous avez vendu quatre bons pour mille dollars. Où est cet argent ?

— C'est faux ! Je proteste ! Il s'est produit des événements suspects qui n'ont rien à voir avec un trafic de combustible... Nous avons découvert que des trains circulaient sur cette voie soi-disant abandonnée.

— Des trains, vraiment ? fit le commandant ironique. Des trains de quelle importance ?

— L'un faisait un kilomètre, le second plus de deux. Mon collaborateur Yan Charm peut en apporter la preuve. Il dispose des graphiques de sismographes qui...

Le commandant éclata d'un rire grossier qui hérissa Lien. Il eut envie de lui sauter à la gorge et de lui marteler le visage à coups de poing. Cette pulsion inattendue le laissa pantois. Comment pouvait-il avoir de pareilles idées de violence ?

— Des trains de plusieurs kilomètres sur une voie classée double X... C'est absurde !

Il cessa de rire et regarda Lien avec un petit sourire de pitié.

— Votre histoire est lamentable... Elle ne tient pas debout.

— Les graphiques.

— Ils sont truqués.

— Je vous jure que...

— Vous êtes fou, Lien Rag, simplement fou.

— Je vous assure que nous pouvons vous faire un récit très cohérent de ce qui s'est réellement passé au point Bia.

— Un récit cohérent ! Pauvre imbécile !

— Pourquoi m'insultez-vous ?

Le commandant parut un peu désarçonné par cette interrogation mais cela ne dura guère.

— Je vous inculpe pour trafic au détriment de la Compagnie.

6

C'était une cellule capitonnée, parfaitement étanche à tous les bruits et aux vibrations. Lien ignorait si son incarcération s'effectuait à bord d'un convoi militaire ou ailleurs. Il resta deux jours en total isolement, ne recevant la nourriture et l'eau que par un guichet à double porte. Il ne pouvait prendre les aliments que lorsque la porte extérieure était refermée si bien qu'il ne pouvait voir le visage de son geôlier.

Il conservait encore une certaine notion du temps bien qu'on l'eût dépouillé de sa montre. Il songeait à Floa Sadon qui possédait une montre greffée fonctionnant sur l'influx nerveux.

Au milieu de la deuxième journée on vint le chercher non sans lui avoir fait enfiler une camisole de force, ce qui l'inquiéta le plus. Allait-on le déclarer complètement fou et l'expédier à bord d'un hôpital psychiatrique ? Ces derniers circulaient sur rails sans jamais s'arrêter. De même que les pénitenciers pour droits communs. Seuls les camps de concentration se fixaient pour de longues périodes en certaines zones lointaines.

Dans le bureau du commandant se trouvait déjà un autre détenu portant la même combinaison de contention. Et il reconnut le sergent Tod d'après l'hologramme que lui avait présenté le commandant.

Ce dernier se nommait Vicra comme l'indiquait une plaquette que Lien n'avait pas découverte la première fois.

— Persistez-vous à nier le trafic dont vous êtes accusé, glaciologue Rag ?

— Absolument. Vous trouverez les bons de combustibles dans le convoi que je dirigeais au point Bia.

— Une perquisition n'a rien donné. Et le sergent Tod ici présent a tout avoué. Vous lui avez vendu ces bons pour mille dollars. L'intermédiaire chevelu, un marginal nommé Saho est en fuite mais le sergent a reconnu également qu'il travaillait pour lui.

— Mais c'est faux ! hurla Lien. Je n'ai jamais rencontré le sergent Tod. Je n'ai eu que des contacts radio avec lui. Tout ceci n'est qu'une pure invention… Ou alors une machination.

— Je vous conseille de faire attention à vos paroles, dit le commandant Vicra. Vous n'ignorez pas que tout trafic de denrées en temps de guerre constitue un délit justiciable. Je suis ici seul juge pour décider de votre culpabilité et de la peine encourue.

— Mais la guerre est éternelle ! s'exclama Lien indigné.

— Seriez-vous aussi un propagateur de fausses nouvelles ? En dix ans il y a eu trois trêves.

— Je n'en ai pas eu connaissance, murmura Lien. Il se rendit compte qu'il entrait dans le jeu du commandant en acceptant la discussion. Il fallait nier, nier jusqu'au bout toute participation à un trafic et exiger qu'une enquête soit enfin décidée sur le passage des convois sur la ligne S 68 XX.

— Je récuse le témoignage accusateur du sergent Tod, dit-il avec une force tranquille. Il appartient à la Sécurité et peut avoir été l'objet d'une intimidation. Par contre je demande que mes compagnons et collaborateurs comparaissent devant vous, en particulier Farell, Yan Charm et Lamo. Il s'est passé sur la voie S des événements beaucoup plus importants que cette stupide accusation de trafic de combustible.

— C'est à moi d'apprécier l'importance de l'accusation. Vos compagnons ont signé une déposition sur les fameux événements. Il n'y a jamais eu un seul train sur la S 68 XX. Aucun convoi ne peut rouler sur des rails classés double X. Vos collaborateurs ont indiqué que depuis quelque temps vous donniez des signes de nervosité suspecte.

— Il y avait les graphiques des sismographes.

— Des experts les ont examinés. Les appareils ont simplement enregistré des contractions glaciaires. La région est truffée de crevasses et de galeries souterraines. Les glaces ne cessent de se contracter et de se dilater. Je ne pense pas que monsieur le glaciologue de deuxième classe Lien Rag démente ces précisions scientifiques ?

Lien resta silencieux. C'était exact, mais les sismographes n'avaient pas enregistré un phénomène naturel mais bel et bien le passage de deux convois.

— Il y avait des traces du passage de deux trains, dit-il. Comme toujours elles sont révélatrices.

— Vraiment, fit le commandant avec ironie tandis que le sergent Tod riait obséquieusement. Des milliers de tonnes sur une voie classée double X... Et de plus cette voie n'est pas sous tension. Seuls pourraient y circuler des locos-vapeur. Ceux capables de tirer des tonnages pareils sont tous répertoriés et surveillés. Il n'en manque pas un à l'appel.

Jusque-là Lien pensait qu'on voulait le forcer à abandonner ses affirmations sur l'existence de convois clandestins, pour que le bruit ne se répande pas que des convois pouvaient échapper à la surveillance de la Compagnie, ce qui aurait pu créer quelque stupeur dans le public. Il avait cru avoir découvert la fameuse Voie Oblique dont tout le monde lui rebattait les oreilles mais brusquement il devinait que la voie S 68 XX avait une tout autre importance pour la Sécurité.

Désormais il devait abandonner ses impulsions stupides pour se comporter avec une prudence pleine de ruse… Sinon il n'en réchapperait pas.

— J'ai cru que des malfaiteurs ou des sortes de pirates du rail avaient pris possession d'un convoi, dit-il. Je ne faisais que mon devoir en rendant compte.

— Vous avez inventé cette histoire stupide pour couvrir vos trafics, répliqua le commandant. Si le sergent Tod n'avait pas été pris de scrupules, vous auriez pu nous abuser. Mais vous êtes découvert et vous feriez mieux d'avouer sinon vous serez condamné à cinq ans de détention.

Il ne comprenait pas comment on avait pu le laisser aller sur le site de Bia si l'endroit était considéré comme zone interdite par la Sécurité. Il ignorait ce qu'elle pouvait bien fabriquer dans ce secteur mais on aurait pu aisément l'éliminer en le dirigeant vers un autre site d'expériences et d'études.

Le rôle de Floa commençait à prendre du relief. Elle n'avait pas agi par pure amitié en lui faisant octroyer un loco-vapeur et des bons de combustibles. Il y avait aussi la réflexion de son père, le gouverneur, lorsqu'il lui avait été présenté au début de la réception dans son palais. Le gouverneur Sadon avait paru impatient qu'il se rende sur le site Bia pour y étudier l'accumulation plus importante qu'ailleurs des glaces, lui avait même promis la première classe. Et la Sécurité prise de court avait dû monter une machination pour l'éliminer lui et son équipe.

— Vous pouvez disposer, sergent Tod. Votre attitude de repentir vous sera bénéfique. Vous n'aurez qu'une condamnation de principe mais vous serez dégradé.

— Je vous en remercie, commandant, et vous en garderai une éternelle reconnaissance.

Lien pensa qu'on avait pu lui présenter n'importe qui en l'affublant du nom de Tod. L'homme avait joué son rôle et allait disparaître, son accusation portée. Il se retrouva seul avec le commandant et pensa que ce dernier allait prononcer la sentence. Mais Vicra ouvrit un autre dossier et en lut quelques feuillets durant une minute ou deux. Il releva la tête

et fixa Lien avec une expression sournoise :

— Vous avez intrigué très longtemps pour qu'on vous attribue un loco-vapeur. Votre première demande date de deux ans et vous n'avez cessé de la renouveler. Pour parvenir à vos fins méprisables vous n'avez pas hésité à faire la connaissance de personnalités que vous avez abusées.

— Mais c'est faux ! s'exclama Lien oubliant ses nouvelles règles de prudence. Je sais que la fille du gouverneur de la 17e Province a bien voulu intervenir pour moi mais je n'ai rien demandé.

Il eut l'impression que le commandant Vicra se pourléchait soudain comme un gros chat. Il avait aperçu plusieurs spécimens de cette espèce à peu près disparue dans les zoos et avait regretté, à cette époque, de ne pas pouvoir en posséder un. Au début de l'ère glaciaire, alors que la population mondiale était en proie à ce qu'on avait appelé La Grande Panique, ces animaux étaient devenus les victimes des chiens affamés et avaient pratiquement disparu, ce qui expliquait aussi la prolifération des rats.

— Vous n'avez rien demandé ? Vous voulez dire que Floa Sadon, fille de Son Excellence, a usé de son influence pour que vous soit attribué ce LB 117 qui vous a permis de toucher des bons de combustibles ?

Lien se hâta de faire marche arrière :

— En fait je n'en sais rien. J'avais déposé ma demande et le lieutenant Skoll m'avait dit qu'il faudrait attendre huit jours avant d'avoir une réponse. Or le lendemain de mon entrevue avec lui j'avais ce loco-vapeur.

— Mais vous saviez que vous le deviez à l'intervention de Floa Sadon ?

— Le lieutenant m'a parlé de Son Excellence qui avait insisté pour que ce loco me soit attribué. La veille j'étais invité à une réception et le gouverneur a paru souhaiter que je fasse une étude rapide du secteur Bia.

— Le gouverneur a souhaité cela ?

— C'est ce que j'ai cru comprendre, fit Lien qui n'aimait pas du tout l'expression de Vicra en cet instant.

— Vous connaissiez sa fille depuis longtemps ?

— Seulement depuis cette nuit-là, commandant.

— Seulement cette nuit-là. Je sais que de nos jours les rencontres entre jeunes gens sont rapides mais tout de même. Êtes-vous devenu son amant ?

Lien se raidit et ne répondit pas. Le commandant gloussa et prit une autre feuille :

— Vous avez assisté à une réunion de marginaux à deux cents kilomètres de Grand Star Station. Il y avait là une fille prénommée Ariel qui est recherchée pour bestialité ?

— Bestialité ?

— Elle fornique habituellement avec les Hommes Roux. C'est un délit puni par un emprisonnement de dix ans et un traitement psychiatrique à la fin de la détention pénale.

— Les Hommes Roux ne sont pas des animaux.

Il faillit se mordre les lèvres pour sa sottise. Vicra s'appuya contre le dossier de son fauteuil et croisa les bras avec un sourire qui découvrait ses dents trop parfaites. Elles devaient être toutes fausses.

— Vraiment, ce ne sont pas des animaux ?

— Non. Je ne le pense pas.

— Vous excusez l'ignoble conduite de cette fille ? Vous aimez vous délecter à la pensée qu'elle se laisse pénétrer par les sexes énormes de ces individus ?

Monté de son subconscient un sentiment de dégoût s'empara de Lien Rag et noya les protestations de son esprit. Il ne put réprimer une grimace et la regretta toute sa vie. Il avait donné à cet homme détestable la meilleure preuve de son racisme envers les Hommes Roux et ce dernier parut s'en contenter.

— Les fréquentations de Floa Sadon sont très suspectes.

— Je ne savais pas où nous allions lorsque nous avons quitté la réception dans le palais du gouverneur.

Il eut l'impression de commettre une petite lâcheté et d'accuser Floa. Le commandant y parut sensible car son visage se teinta d'un brin de bienveillance.

— Je vous l'accorde. Mais n'empêche que vous n'avez pas protesté ni averti la Sécurité. Et tout cela pour vous concilier les bonnes grâces de cette fille dont vous espériez tirer quelque bénéfice.

— Absolument pas. C'est une très jolie fille et la seule faveur que je voulais obtenir c'était de faire l'amour avec elle.

— Y êtes-vous parvenu ?

— Je refuse de répondre.

— Est-elle vraiment frigide ? demanda le commandant avec une expression de grande lubricité.

Lien resta silencieux. Il s'était déjà laissé avoir au sujet des Hommes Roux et ne voulait pas trahir la confiance de Floa. Elle avait dû faire semblant de jouir entre ses bras mais il n'en était pas tout à fait certain.

— Fait-elle aussi l'amour avec les Hommes Fauves ? C'est une dépravation très à la mode et contre laquelle nous avons beaucoup de mal à lutter. On dit que certaines femmes de hauts personnages possèdent même des Hommes Roux encagés pour satisfaire leur libido.

Soudain il réalisa qu'il se laissait aller à révéler ses propres fantasmes et changea complètement d'expression. Son visage se fit brutal :

— Vous avez vu comment le sergent Tod s'est tiré d'affaire ? Il a fait son devoir en vous dénonçant et en s'accusant. Vous pouvez faire également le vôtre si vous le désirez. La Compagnie en a assez d'être pillée, violée, d'abriter des gens qui ne pensent qu'à l'exploiter et à profiter d'elle. Certains occupent des postes importants ou appartiennent à une famille honorable et abusent ainsi de leurs privilèges.

Lien écoutait avec attention, le cœur battant plus vite. Le commandant Vicra n'était-il pas en train de lui suggérer comment il pouvait se tirer de ce guêpier ?

— Êtes-vous vraiment certain que Floa Sadon n'a jamais eu des goûts pervers et contre nature pour les Hommes Roux ?

— Je l'ignore.

— Il y avait un Homme Roux dans cette réunion de marginaux. Vous savez pourquoi ces gens-là en invitent toujours un ? Et principalement des mâles ? Pour s'exciter sur la taille de leur sexe. Ce ne sont que des bêtes que la nature a pourvues généreusement. Il y a aussi cette fourrure rousse qui ressemble à de la laine. Je suis certain que Floa Sadon a copulé avec eux.

Lien luttait contre un nouveau dégoût. C'étaient des hommes, rien que des hommes. Et Floa avait parfaitement le droit de coucher avec eux, et avec qui lui plaisait, dans le fond. De quel droit la Compagnie jugeait-elle le comportement amoureux des gens ? Elle aurait tout aussi bien pu aimer les autres femmes ou prendre un loup comme amant. Il ne fallait surtout pas tomber dans le piège que lui tendait le commandant.

— Si nous avions un tel témoignage, dit le commandant, nous pourrions enfin mettre un terme aux agissements scandaleux de cette fille. Le commandement supérieur de la Sécurité saurait apprécier une telle attitude. Vous devriez y réfléchir, glaciologue Lien Rag...

— Vous êtes ignoble, dit tranquillement Lien.

7

Même lorsqu'on l'avait torturé sans la moindre pitié il n'avait jamais perdu conscience et l'avait regretté. Avec un sentiment insupportable d'épouvante il avait suivi de bout en bout le processus des sévices que ses bourreaux, des sous- officiers de la Sécurité, lui avaient fait subir. Le commandant Vicra ne lui avait certainement pas pardonné de se faire traiter d'ignoble mais surtout d'avoir refusé la perche tendue. Il ignorait pourquoi cet homme voulait qu'il dénonce Floa Sadon et l'accuse de bestialité et de prévarication. Il s'était cramponné à son refus comme à la seule planche de salut possible, avec aussi beaucoup de lucidité et de calcul, pensant que si quelqu'un pouvait quelque chose pour lui c'était bien Floa Sadon et son père. Il n'avait pas l'esprit chevaleresque assez fou pour accepter d'un cœur joyeux les coups et les mauvais traitements. Il n'avait pas aimé être exposé nu au-dehors durant quelques secondes au point de ne plus sentir les extrémités de ses membres. On lui avait fait subir ensuite un traitement de réchauffement brutal qui avait été horrible. Pour finir on l'avait, pendant quarante-huit heures, soumis à des décharges électriques qui le tétanisaient à des intervalles irréguliers. L'attente de ces décharges étant la pire des choses car elle pouvait durer aussi bien une heure que quelques secondes. Et puis soudain il se produisit un certain affolement autour de lui. On le conduisit dans une sorte d'infirmerie où on le soigna énergiquement mais sans brutalité. Il commençait à reprendre espoir lorsqu'on l'habilla pour le transférer dans un petit convoi pénitentiaire en route vers le nord. Il se trouvait à cette heure dans un compartiment grillagé en compagnie de deux autres détenus de droit commun. L'un avait tué des enfants pour les dépecer et l'autre avait trafiqué des denrées alimentaires.

Le convoi fut immobilisé deux jours sur une voie secondaire avant de poursuivre sa route vers une petite gare sans importance nommée Line Station. Lien pensa que l'endroit devait son nom au passage d'un pipeline de charbon liquide ou peut-être même de pétrole, denrée bien plus rare depuis le début de l'ère glaciaire.

Par la lucarne de son wagon où ne régnait qu'une température minimale, il aperçut la verrière antique et réduite. Un trou perdu et il commençait à perdre espoir. Il avait pensé que tôt ou tard la nouvelle de son arrestation arriverait aux oreilles du gouverneur Sadon et que ce dernier interviendrait. Mais il avait dû se faire des illusions. Son nom n'avait jamais été retenu par la mémoire du gouverneur de la 17e Province et il achèverait sa vie dans une colonie pénitentiaire ou, pire, dans un camp de concentration.

Un peu avant midi, le gardien-chef vint avec deux subordonnés ouvrir la grille et le faire sortir. Il songea d'abord à refuser. Personne ne lui avait dit à quelle peine il était condamné et il aurait voulu forcer l'administration pénitentiaire à lui révéler la vérité. Il songeait à la résistance passive et la grève de la faim.

— Où me conduisez-vous ?

— Vous êtes transféré dans un autre convoi.

Mais on lui fit revêtir des vêtements civils mal coupés avant qu'il ne descende sur les quais en compagnie d'un seul garde. Sans chaînes ni autre surveillance. À sa grande stupeur il fut dirigé vers un petit tortillard infect composé de quatre wagons miteux dans lesquels on devait claquer des dents une fois passé le sas de la gare. Le garde lui indiqua la place où il devait s'asseoir, entre une grosse femme qui donnait le sein à un enfant et un jeune garçon boutonneux. Il se crut reporté plusieurs siècles en arrière, dans un de ces films où l'on voyait des gens de la campagne sous forme de caricatures outrées.

— Où allons-nous ? demanda-t-il à la cantonade, mais personne ne daigna lui répondre.

On l'avait vu arriver avec un garde pénitentiaire et on se méfiait de lui. Même la nourrice cachait son sein comme si la vue de cette mamelle veinée de bleu aurait pu lui donner des idées de viol.

L'omnibus démarra avec des chocs divers un quart d'heure plus tard. Comme prévu dès le sas franchi la température dut tomber aux alentours de zéro. Chacun s'enveloppa dans ses couvertures et manteaux tandis qu'il restait seul à claquer des dents dans ses vêtements légers.

Le train s'arrêtait devant chaque ferme sous dôme et peu à peu le wagon si vidait. Bientôt il ne resta plus que l'adolescent qui lui sourit timidement.

— Nous allons à River Station, dit-il. Lien sursauta, n'en croyant pas sa chance :

— La capitale de la 17e Province ?

— Oui, bien sûr… Je poursuis mes études là-bas. Mais je vais bientôt être mobilisé. Voyant que Lien claquait des dents il ouvrit ses bagages et en sortit une couverture dont le glaciologue s'enveloppa.

— Est-ce que le palais du gouverneur se trouve là-bas ?

— Je l'ignore. Je viens de passer quinze jours chez mes parents. Lorsque je suis parti, il n'y était pas encore.

Lien réalisa qu'il ne s'était même pas écoulé quinze jours depuis qu'il avait quitté la grande gare tentaculaire de Grand Star Station.

— Nous y serons dans deux heures. Voulez-vous manger quelque chose ? Ma mère m'a donné un poulet rôti.

Jamais il n'apprécia autant cette chair fade que d'ordinaire il détestait. Le garçon ravi de sa compagnie ne cessait de parler. Il faisait des études de médecine.

— J'ai une bourse de la Sécurité, dit-il fièrement.

Je deviendrai un médecin militaire.

Lien pensa avec amertume à ceux qui l'avaient torturé sous l'ordre du commandant Vicra. Désormais les praticiens ne se contentaient pas de soigner les malades.

— Tu n'aurais pas préféré devenir médecin civil ?

— Oh ! tant pis. On n'a pas beaucoup d'argent, vous comprenez.

À River Station il était attendu par une imposante draisine et un des valets du gouverneur qui parut surpris qu'il n'ait pas de bagages et le toisa à cause de ses vêtements minables.

— Où me conduisez-vous, au palais ?

— Non, pas exactement.

Sans atteindre la taille de G.S.S., River Station était quand même un endroit important car plusieurs centaines de voies s'y recoupaient et il y régnait une grande activité. Capitale de province, les convois administratifs étaient nombreux et la plupart n'avaient même jamais roulé en dehors du dôme protecteur. Lien se demandait comment faisaient ces fonctionnaires pour accepter de passer une vie entière dans un tel endroit. Certes il y avait quelques occasions de se divertir, des cabarets, des restaurants, mais en nombre limité. Tout le monde devait se connaître très vite.

La draisine s'arrêta devant une construction qui devait occuper au moins quatre voies. Lien avait déjà remarqué qu'il régnait une bonne température sous le dôme de River Station, plus élevée même qu'à G.S.S. et se souvint qu'on avait effectué des forages géothermiques importants dans la région. Il avait même à l'époque eu en main les rapports de glaciologie.

Une jeune fille l'accueillit avec un très grand respect et le conduisit dans une chambre spacieuse qui possédait une mezzanine.

— Le docteur sera là dans quelques minutes.

— Comment, le docteur ?

— Ce sont les instructions de Mlle Floa.

Il resta seul, s'amusa à faire couler les robinets d'eau et à respirer le parfum des savonnettes. Lorsqu'on frappa, il alla ouvrir la porte et découvrit un grand gaillard aux yeux bleus et à l'expression flegmatique.

— Je dois vous examiner. Déshabillez-vous et allongez-vous sur le lit. Lien soupira mais obéit.

— Vous n'êtes pas très propre, remarqua le médecin sans la moindre trace de reproche.

— Je sors de prison. J'ai passé quatre jours aux mains de la Sécurité.

— Je m'en fous. Je suis là pour voir si vous avez des traces de coups mais je ne tiens pas à m'aliéner la Sécurité. Floa a parfois des idées extravagantes.

Lien se retint pour ne pas lui coller sa main sur la figure.

— Vous vous moquez que j'aie été torturé ?

— C'est devenu un système de défense un peu trop usé.

Du coup Lien se releva, complètement nu et alla ouvrir la porte :

— Foutez le camp.

— Hé ! ne vous fâchez pas... Je ne pouvais savoir que vous étiez si susceptible.

— Foutez le camp !

— Non, je tiens à ma place. Mille excuses. C'est quoi ces traces de brûlures sur les testicules ? Lien avait envie de l'étrangler :

— Vous n'avez jamais entendu parler des sévices électriques ?

— Ah ! c'est ça ? Dites donc, vous n'avez pas dû rigoler... Mais il n'y a rien de bien grave. — Vous êtes attaché à la maison du gouverneur ?

— Si vous voulez, mais j'appartiens aussi à l'hôpital de seconde classe de la Compagnie. De toute façon celui de première classe vient d'être dirigé sur le front pour une période de six mois. Je m'en fous, je suis réformé depuis l'an dernier. Je vois à la blessure de votre jambe droite que vous avez fait la guerre. Très bien, je ferai mon rapport. Vous avez été indubitablement maltraité par la Sécurité.

— Vous n'avez pas l'air très convaincu. Le docteur rangea sa trousse d'un air absorbé, releva enfin la tête :

— Je ne suis pas très chaud pour cette petite lutte pour le pouvoir. Je ne possède aucune action de la Compagnie, moi. En possédez-vous ?

Lien secoua la tête. Il se souvint que Floa était une des plus grosses actionnaires de la Compagnie. Que voulait dire le docteur avec cette histoire d'actions ?

— Il avait été décidé que de nouvelles actions seraient distribuées aux gens méritants, que le capital de la Compagnie sera plus parcellisé qu'il n'est. Autrefois c'était la démocratie que l'on essayait de répartir le plus justement possible...

Mais en fait le pouvoir appartenait toujours à quelques-uns, particuliers ou groupes. Il en est ainsi pour les actions.

— Je ne comprends pas.

Le docteur le regarda avec une sorte de pitié moqueuse :

— Alors vous ne savez pas pourquoi vous avez été torturé ?

— Mais je ne possède aucune action de la Compagnie.

Il salua de façon désinvolte et s'en alla. Lien songeur se rendit à la salle de bains et commença à remplir la baignoire. Peu à peu, une fois plongé dedans, un grand bien-être l'envahit et il ferma les yeux. Les paroles du docteur continuaient à le préoccuper.

— On n'a pas l'air tellement mal en point, fit une voix de femme.

En même temps que sa voix il reconnut son parfum poivré et léger, ouvrit les yeux. Elle s'appuyait contre l'embrasure de la porte, goguenarde avec cependant une lueur plus tendre dans son regard vert. Un manteau de loup noir lui descendait jusqu'aux pieds recouverts de cuir fin, noir également. Angoissé, il pensa que six mois de son salaire n'auraient pu payer le tout et que jamais il ne pourrait entretenir une femme aussi élégante.

— J'ai lu le rapport du docteur. Ils ne t'ont pas trop estropié.

— Sinon tu ne serais pas venue ?

— Non. Ils auraient pu t'inoculer une maladie dangereuse, te mutiler. Te châtrer, par exemple. Il paraît qu'il n'en est rien.

Rendu furieux, il se dressa hors de l'eau savonneuse et lui montra son bas-ventre :

— Te voilà rassurée ?

— Entièrement. Mais tu as des traces de brûlures, fit-elle tandis que ses lèvres se retroussaient cruellement. Ils t'ont torturé le sexe ? Ça fait mal ? On dit qu'à la fin ça fait éjaculer, est-ce vrai ?

Il saisit un linge épais et douillet, s'en enveloppa les reins, la bouscula presque pour passer.

— Te voilà bien énervé, dit-elle. Tu devrais me remercier. Sans moi et sans mon père tu serais en train de rouler dans cette colonie pénitentiaire. Tu y aurais pourri. Il est rare qu'on en revienne, tu sais.

— Oh ! je sais ce que je te dois, dit-il ironiquement. Je le sais parfaitement.

La jolie fille fronça les sourcils. Elle ne devait pas aimer le retrouver dans un tel état d'esprit. Elle l'avait connu plus nonchalant, moins agressif.

— Oui, je sais ce que je te dois. Ton intervention auprès du lieutenant Skoll pour l'attribution du loco-vapeur m'a été reprochée. On a essayé de me faire dire des horreurs sur toi, de devenir un témoin à charge.

Floa pâlit et ce fut visible malgré son maquillage épais.

— C'était le commandant Vicra, n'est-ce pas ?

— Pourquoi cherchent-ils à t'abattre ?

Les quelques réflexions désabusées du médecin avaient été le révélateur qu'il cherchait en vain depuis son arrestation. Il croyait enfin comprendre le pourquoi des choses.

— Oublie tout ça, dit-elle. Tu ne risques plus rien. Tu retrouveras ton poste et désormais tu seras attaché aux services techniques du gouvernement de Province.

— Auprès de ton père ?

— Oui, mais tu seras libre.

— Pourquoi m'as-tu envoyé là-bas ?

— Mais que vas-tu inventer là ? fit-elle avec une moue de petite fille. Moi qui songeais à ce que seraient nos retrouvailles. Tu as oublié la nuit que nous avons passée ensemble ?

— Tu as déjà été pénétrée par un Homme Fauve ?

— Tu es fou ? Pourquoi m'insultes-tu ?

Elle avait eu le même haut-le-cœur que lui dans le bureau du commandant. Un réflexe raciste qui ne trompait pas, venu du fond d'elle-même et irrésistible.

— Me prends-tu pour Ariel ?

— Ils voulaient que je t'accuse de bestialité, entre autres. Que se passe-t-il entre la Sécurité et toi ? Pourquoi t'en veulent-ils ?

— Plus tard, fit-elle en s'approchant de lui.

Plus tard.

— Une question d'actions ?

Floa cessa de marcher et le fixa avec des yeux méchants.

— Tu es moins idiot que tu ne le parais.

— Tu possèdes un gros paquet d'actions de la Compagnie. Je suppose que tu assistes aux conseils d'administration et que tu as une voix prépondérante ?

Avec un sourire ambigu elle ouvrit son manteau de loup noir et apparut nue. Ses bottes cuissardes montaient jusqu'en haut de ses jambes, fines et souples, épousant fidèlement le fuselé de la chair. Le cuir mettait en relief la blondeur presque fauve du pubis.

Floa s'approcha, vint tout contre lui et du bout des doigts, avec des gestes délicats, elle dénoua sa serviette qui lui ceignait les reins. Une main légère le palpa, des doigts experts le cerclèrent :

— Pas trop de dégâts, murmura-t-elle.

Il la saisit à pleins bras et chercha sa bouche. Ce fut un baiser sauvage, à goût de sang. Puis il glissa le long de ce corps délié et blanc pour baiser ses seins et son ventre. Elle appuya sa tête contre elle, enfonçant ses ongles dans sa nuque.

Cette fois il fut certain que sa frigidité n'était qu'une légende. Il la reverrait toujours, d'abord debout avec son manteau de fourrure et ses cuissardes, en train de gémir puis sur le lit, écartelée et prise de folie érotique.

Lorsqu'il se réveilla la nuit était venue et il crut qu'elle était partie. Mais elle dormait paisiblement, pelotonnée dans l'angle que faisait le lit avec la cloison, et malgré ses bottes d'ogresse, ressemblait à une enfant.

8

Ce fut elle qui lui proposa d'aller au club. Ils étaient réveillés et affamés.

— Nous n'en avons que pour une petite demi- heure. C'est un endroit merveilleux.

— Un truc de marginaux ?

— La cotisation annuelle est de cinq mille dollars.

— Excuse-moi, dit-il.

Dans un placard il trouva des vêtements luxueux. Elle les avait choisis elle-même avec beaucoup de justesse. Son loco-car était sur le même quai. Elle ne portait que son manteau et ses bottes et il était jaloux des regards des autres hommes.

Un instant il regarda vers le haut du dôme et aperçut des silhouettes informes.

— Tu regardes les Hommes Roux, remarqua-t-elle.

Est-ce à cause de ce qu'a dit le commandant Vicra ?

— Non. Pourquoi sont-ils là ? Pourquoi sont-ils apparus depuis une centaine d'années ? Où étaient- ils auparavant ?

— Tu te poses trop de questions pour être pleinement heureux, dit-elle.

Le loco-car roulait très vite comme toujours, dans la nuit polaire et embrumée. Par de profondes crevasses dans la masse de glace montaient des vapeurs de la terre enfouie. C'était en partie l'origine de ces brouillards constants qui gelaient tout aussitôt et n'étaient qu'éphémères. Grâce à la boîte noire, le petit véhicule s'écarta de la ligne principale sans ralentir, brûlant les signaux et immobilisant une dizaine de convois sur son passage. Finalement il emprunta une voie double qui se dirigeait droit vers l'ouest. De très loin il aperçut le dôme incandescent, pensa d'abord à une ferme. Mais la voie se dirigeait droit dessus.

— C'est le club.

Passé le sas, il crut qu'il rêvait ou assistait à une séance de cinéma avec films d'autrefois aux couleurs trop crues. Lorsqu'ils descendirent du loco-car ils se trouvaient au bord de la mer. Il y avait de nombreux palmiers, une plage de sable blanc immense, des paillotes où des gens nus prenaient leur repas.

— Quelle chaleur, murmura-t-il.

— Trente-deux, dit-elle. Ne reste pas ainsi, tu vas fondre.

Son manteau de fourrure sur le bras elle passa devant lui et se dirigea vers une paillote. À cause de ses cuissardes on se retournait sur elle mais tout le monde était nu. Il commença à se dévêtir tout en marchant.

La paillote comportait deux pièces et une salle de bains. Il y avait un serveur qui attendait déjà sur la terrasse. Bizarrement habillé avec sa jupe à fleurs, une fleur dans ses cheveux noirs.

— C'est un authentique Tahitien, dit-elle. Tu sais bien, Tahiti ? Tu as bien vu un film sur cette île ?

On leur apporta des noix de coco remplies d'une boisson au goût de vanille.

— Du rhum, dit Floa. Est-ce que nous allons nous baigner ? — Je ne m'explique pas... L'impression que nous sommes au bord d'une mer immense...

— Un effet d'optique. Le dôme rejoint le sol à moins de cinq cents mètres. C'est extraordinaire, non ?

Il leva les yeux et fut ébloui par le soleil factice.

— Ici, fit-elle agacée, tu ne verras pas tes amis, les Hommes Roux. Pourtant ils y sont en train de racler la glace.

Elle courut vers la plage et il la suivit. Jamais il ne s'était baigné dans un endroit pareil, mais dans des piscines tristes et fonctionnelles.

— Là-bas, dit-elle, on peut faire du surf. Il y a des rouleaux artificiels.

Ils retournèrent s'allonger dans le sable. Elle offrit son visage au soleil factice, ferma les yeux.

— Que sais-tu au sujet de ces actions ?

— Pas grand-chose, reconnut-il.

— C'est préférable, dit-elle. Sache seulement que la Sécurité est en train de lancer une vaste opération d'achat auprès des petits porteurs d'actions. Tu sais qu'il en existe pas mal. Il fut une époque où pour récompenser les gens on leur attribuait deux, cinq ou dix actions.

— Je sais que l'attribution de la Croix de guerre entraîne également celle de dix actions.

— Oui, on a limité cette distribution car ces petits porteurs représentaient un danger.

— Le morcellement du capital n'était qu'un leurre, fit-il sarcastique.

— Le danger est qu'un individu ou un groupe peut tout racheter. Il aurait fallu créer des actions spéciales non cessibles durant un certain délai, mais l'injustice entre les gros porteurs et les petits aurait été trop flagrante.

Lien tourna la tête vers sa compagne et admira son profil d'une perfection totale :

— Combien en possèdes-tu ?

— Ça ne te regarde pas, dit-elle tranquillement. La Sécurité est en passe de devenir le plus gros porteur. Si jamais elle obtient la majorité, la Compagnie se transformera en dictature militaire.

— Mais qu'est-elle d'autre ? fit-il amer.

— N'exagérons rien. La Sécurité est encore contrôlée. Sinon tu ne serais pas ici en ce moment.

— Pourquoi m'as-tu envoyé sur le site de Biabystok ?

Elle s'assit et cercla ses genoux de ses bras minces :

— Nous avons des informations sur cette voie oubliée... Mais je te fais remarquer que nous ne t'avons pas envoyé. En fait mon père a trouvé le biais d'une étude glaciologique et le hasard t'a désigné. J'ai voulu te connaître pour savoir le genre d'homme que tu étais. J'ai pensé que si quelque chose d'étrange se passait là-bas sur le site, cela ne t'échapperait pas et je ne me suis pas trompée.

— J'ai bien failli y laisser ma peau.

— Je veillais sur toi. Que s'est-il donc passé en fait ?

Il lui parla des loups, de la disparition de l'aiguillage volant, du passage des deux convois. Elle frissonna :

— Tu es certain ?

— Le commandant Vicra m'a traité de fou à ce sujet.

— C'est tellement surprenant. Cette voie figure sur les Instructions ferroviaires en classement double X. Et j'ai retrouvé dans la bibliothèque de la province les consignes de sécurité datant de vingt ans. Elle était déjà en partie abandonnée. Trop dangereuse à cause des mouvements de la glace. Il y avait une mine voici encore deux ans. Mais depuis elle est fermée.

— J'ai cru qu'il s'agissait de la Voie Oblique, dit-il. Elle eut un petit sourire condescendant. Il s'assit lui aussi et regarda autour de lui. Il y avait bien deux à trois cents personnes rassemblées là. Des familles

entières, des amoureux et des vieillards.

— Ce sont tous de gros actionnaires ? demanda-t-il.

— Non. Des gens très riches. On peut être très riche, plus que moi par exemple, et ne pas posséder une seule action de la Compagnie. Il y a des industriels : qui se contentent du pouvoir qu'ils possèdent dans leur entreprise et ne s'intéressent pas à la Compagnie. Mais le club appartient à la Compagnie.

— Combien de gros actionnaires alors ?

— Une dizaine. Mais arrête de me parler de ça... Il faut que nous allions sur le site de Bia. Et sans tarder, ajouta-t-elle en sautant sur ses pieds.

Il frissonna et secoua la tête :

— Pour rien au monde je ne retournerai là-bas. Je ne veux pas retomber entre les mains de Vicra.

— Tu ne risques rien. Tu es sous la protection du gouverneur. Personne n'oserait s'attaquer à toi.

— Je suis toujours accusé de trafic de bons de combustibles.

— Non, il n'y a plus de trace de cette accusation.

Père y a veillé.

— C'est vraiment un père efficace, dit-il. Très paternel avec moi en tout cas.

Elle lui jeta un regard aigu mais ne répondit pas. Il la suivit dans la paillote :

— Nous n'avons rien mangé, fit-il remarquer.

Nous venions ici pour cela.

Elle décrocha le téléphone et commanda un pique-nique. Le mot le surprit. S'y accrochaient des vieilles images floues d'herbe et de ruisseau.

— Il y a des mots qui devraient être interdits pour indécence, dit-il. « Celui-là me fait toujours un peu mal. »

— Il y a un club campagne pas très loin. Nous pourrions aller déjeuner sur l'herbe et nous baigner dans une rivière, y pêcher aussi. Mais nous irons sur le site de Bia.

On leur apporta un panier garni. Quand il fut dans le loco-car il frissonna. Celui-ci n'était chauffé qu'à vingt degrés et il appréhenda la gare de River Station où il ne faisait que quinze degrés. Il eut un regard plein de regret pour la plage tahitienne.

— Nous reviendrons, promit Floa.

Mais il ne se faisait guère d'illusion : ils ne resteraient pas longtemps ensemble. Tout les séparait et elle se lasserait vite.

Au bout d'une demi-heure, il comprit qu'elle se rendait droit sur le site et en éprouva une colère brouillonne.

— C'est de la folie. Nous n'avons aucun équipement. De toute façon l'aiguillage provisoire aura disparu... Il y a des loups... Nous courrons un danger immense.

— Calme-toi, dit-elle. Il y a tout ce qu'il faut dans ce loco-car. Des armes et du matériel.

Il se jeta sur une des banquettes et ferma les yeux. Cette fille ne connaissait pas le véritable danger. Elle suivait ses impulsions mais n'avait certainement jamais souffert ni du froid ni de rien. Leur expédition risquait de tourner à la catastrophe.

— Même en faisant semblant de dormir, tu es agité, dit-elle. Arrête de te faire du souci. Ce séjour à la Sécurité t'a vraiment diminué.

Cette réflexion méchante le vexa et il regarda au-dehors. La nuit se dissipait un peu. Ils avaient dû en passer la plus grande partie dans ce club et il ne s'en était même pas rendu compte.

— Ils ne dorment jamais, là-bas ?

— Ils le peuvent dans des chambres obscures, mais on n'y vient pas pour dormir. On sommeille sur la plage et on profite de la chaleur et de l'eau. Jusqu'à satiété. En général, les séjours ne dépassent pas trois jours. Ces gens-là ont de grandes responsabilités, tu sais...

Il alla s'asseoir à ses côtés et à nouveau ils croisèrent des convois immobilisés par leur véhicule prioritaire. Le plan de marche s'inscrivait à l'avance dans tout le système électronique du district avec un quart d'heure d'avance sur leur passage. Ils étaient en parfaite sécurité mais il ne pouvait s'empêcher d'être anxieux, à la pensée qu'un seul signal ne fonctionnant pas ils croiseraient la route d'un express ou d'un train de marchandises.

— Toujours autant de trains blindés, remarqua-t- il. Il en sort combien par jour ?

— Je ne sais plus, mais c'est impressionnant.

— As-tu des nouvelles de la guerre ?

— Elle devient féroce. L'ennemi emploie un missile nouveau très efficace qui fait mouche à des centaines de kilomètres.

— Je me demande, murmura-t-il, comment ils n'ont pas encore songé à ressusciter les avions.

— Ils sont interdits par la nature même des Compagnies. Ce sont des sociétés ferroviaires. De toute façon aucun avion ne peut plus voler depuis le début de l'ère glaciaire. Les températures au-dessus de nous, à mille mètres par exemple, atteignent des records inouïs. Il faudrait retrouver d'anciennes techniques pour obtenir des métaux qui résisteraient. Il y a aussi des problèmes de moteur et d'énergie.

Soudain il se reconnut. Ils étaient sur la ligne L 34 et dans quelques instants rencontreraient la S 68 XX.

— Attention, dit-il, il faut repartir en marche arrière.

— Je sais. J'ai lu le manuel des Instructions.

— Quel manuel ? Sur les nôtres ce n'était pas précisé.

Elle lui indiqua le livre dans une boîte à gants et il le consulta avec curiosité.

— Ce n'est pas celui que nous possédions.

— Il existe plusieurs éditions, dit-elle. Celle-ci est d'un tirage limité à une centaine d'exemplaires. Certaines voies y figurent qui ne sont pas répertoriés ailleurs. Par exemple la voie qui conduisait au club. Il est inutile que le public connaisse l'existence de ces lieux de repos luxueux. N'importe quel crétin qui posséderait cinq mille dollars pourrait y avoir accès.

— Tu es pour l'élite, fit-il avec un rire grinçant.

— Exactement. Crois-tu que je sois pour un égalitarisme stupide alors que je mène une vie très agréable ?

— Tu es quand même menacée. Par la Sécurité. Elle veut te faucher tes actions, n'est-ce pas ? Mais pourquoi, toi ?

Avant de répondre, la jeune fille passa de la traction électrique à la vapeur avec beaucoup de doigté. Mais le frémissement du loco-car fut complètement différent et Lien dut s'avouer qu'il associait cette trépidation de la vapeur à une atmosphère de puissance et de luxe. Il était sensible aux vagues promesses que laissait entrevoir l'heure présente.

— Parce que je suis jeune et femme. Ce sont tous des brutes. Même les plus élevés en grade. Ils méprisent ce que je représente, la jeunesse, la féminité et le luxe dont je m'entoure. Ils voudraient établir une dictature stricte et austère. Le pouvoir dans le rationnement de tous les plaisirs et des besoins élémentaires. Sais-tu qu'ils ont des relations étroites avec certaines sectes de fanatiques dont les Néo-Catholiques ?

Elle ralentit et avec une infaillible justesse s'arrêta à hauteur de l'aiguillage de la S 68 XX. Le système fonctionna sans heurts et elle commença de reculer pour s'engager dans la petite voie oubliée.

Lien éprouva une telle émotion qu'il ne put parler durant plusieurs minutes. Il ignorait tout du sort de ses compagnons. Farell, Yan, Lamo. Le commandant Vicra lui avait dit qu'ils avaient été libérés mais il en doutait.

9

Lien n’eut que quelques hésitations pour retrouver l’endroit où son équipe avait posé un aiguillage volant. Il reconnut les congères environnantes.

— Il n’y a plus rien, dit la jeune femme. Même pas la voie provisoire. Il va falloir sortir.

Elle passa à l’arrière du véhicule et revint avec une combinaison isotherme et une sorte de carabine. Lien n’avait jamais vu ce modèle-là.

— C’est pour la chasse, expliqua-t-elle. Elle fonctionne à l’air comprimé mais est très efficace.

— N’est-ce pas interdit ?

— J’ai un permis spécial. Je dois te laisser y aller seul. Il y a peut-être encore des loups. Si tu en abats un seul les autres se jetteront sur son cadavre pour le dévorer.

À quelques mètres il se retourna pour lui faire un signe puis disparut derrière des congères. De toute façon la visibilité était encore trop limitée pour qu’elle puisse le suivre du regard.

Au bout d’une heure, alors qu’elle avait à plusieurs reprises lancé un signal sonore, il réapparut lourdement chargé. Lorsqu’il fut à quelques mètres, elle vit qu’il portait des sortes de sacs.

Elle lui servit une tasse de thé, attendit qu’il parle.

— Ils sont tous là-bas, dans le convoi. Le loco- vapeur a été même ramené sur les lieux. Il y a Farell, Yan, Lamo, enfin tout le monde. Morts de froid. Plus de combustible dans la soute. Et quelque chose les a empêchés de sortir. Les loups ou les hommes de la Sécurité. Je ne sais pas. J'ai emporté quelques affaires. Vicra m'avait laissé entendre qu'ils auraient la vie sauve.

Appuyée contre le pupitre de conduite elle le regardait d'un air réfléchi.

— Rien n'a été pillé. Ils sont morts, c'est tout. Les combinaisons isothermes avaient disparu. Ils ont essayé de faire du feu avec des dossiers, des livres. Dérisoire ! C'étaient des témoins. Comme je le suis. Nous devons filer d'ici au plus vite.

— Calme-toi, dit-elle. Tu devrais essayer d'aller dormir à côté pendant que je conduis.

— Nous rentrons ?

— Non. Nous allons essayer de suivre cette voie abandonnée tant que nous le pourrons à petite vitesse. Je dispose d'un analyseur de rails fonctionnant par laser. En avançant à dix à l'heure nous ne risquons absolument rien.

— Tu oublies les hommes de la Sécurité. Ils peuvent être tapis tout autour… Nous guetter.

— Je t'en prie, calme-toi maintenant. Veux-tu un comprimé euphorisant ?

— Fous-moi la paix avec tes sales drogues… Mes copains sont morts et je suis en sursis. Es-tu capable de comprendre ça ?

— Tu es le protégé du gouverneur Sadon, ne l'oublie pas, et d'une des plus importantes actionnaires de la Compagnie.

Il haussa les épaules :

— Tu crois que ça les empêchera ?

— Nous sommes reliés par radio avec River Station.

— Nous aussi nous en avions une et ils nous ont paralysés dans un champ électromagnétique.

— Ils n'oseront pas s'attaquer à moi, dit-elle sèchement. Je veux savoir pourquoi deux trains d'une longueur surprenante ont emprunté cette voie déclassée.

Essayant de ne plus voir les cadavres de ses amis devant ses yeux, il la laissa faire. Un peu plus tard, alors qu'ils roulaient au fond d'une gorge impressionnante de glaces accumulées, il se plongea dans la lecture du manuel des Instructions ferroviaires.

— Nous devons ressortir sur une sorte de plateau mais la pente est de quatre pour cent.

— Je suis équipée d'électro-aimants.

L'analyseur de rails donnait sur un petit écran un graphique à peu près normal. En certains endroits les soudures paraissaient plus faibles mais pour le petit loco – car la marge de sécurité restait suffisante –, c'était sans importance.

— Ils signalent un pont sur une crevasse insondable. Un pont très dangereux qui risque d'être démoli.

— Nous devons nous arrêter, dit-elle d'une voix sourde.

Il leva les yeux et vit les Hommes Roux. Au moins une centaine et pour la première fois il aperçut les femmes de très près, fut saisi par leur beauté sauvage. Malgré la fourrure qui recouvrait leurs corps, il distinguait leurs seins fermes, leurs jambes musclées. Ces êtres-là ne paraissaient pas connaître le vieillissement et la décrépitude.

— Je crois que nous risquons d'avoir des ennuis, dit-elle.

— Fais marche arrière.

Elle lui désigna l'écran de télévision qui servait de rétroviseur. Ils avaient fait basculer d'énormes blocs de glace sur la voie. Il se souvint d'un vieux western qui montrait des Indiens attaquant une colonne d'émigrants au fond d'un canon. Mais dans le film la cavalerie intervenait pour les sauver.

— Tu ne crois pas qu'ils sont en fait dirigés par la Sécurité ?

— Ce n'est pas le genre de question que je me pose en ce moment, dit Floa. Je peux dégager la voie à l'arrière grâce à mon laser mais ce sera long. Ils peuvent nous attaquer et ils finiront par ouvrir une brèche. Tu as vu ces outils dont ils disposent ?

Lien sursauta. Tous ces outils, des pioches, des pelles, des barres à mine appartenaient à la Compagnie et figuraient ordinairement dans l'inventaire de chaque loco.

— Ce ne sont pas des outils ordinaires, dit-il. Ils ont dû piller un loco.

Soudain l'un des Hommes Roux se présenta à la porte du sas et frappa de son poing à la double vitre. C'était un géant athlétique mais Lien fut frappé par la douceur de son regard. Il n'y avait aucune menace dans son expression et il en fit part à Floa qui n'était pas du même avis.

— Ils sont comme des animaux. Un fauve qui dépèce une proie n'a pas nécessairement l'air féroce. Je n'ai aucune confiance.

— Mais chez tes amis marginaux il y en avait un...

— Un seul et à peu près civilisé, mais ceux-là habitent cette zone désertique...

Soudain elle poussa un cri et désigna l'une des femmes :

— Regarde ce qu'elle porte autour du cou... Une sorte de chaîne métallisée avec une plaquette qui portait deux lettres réunies par un tiret : F-S.

— F-Station, dit-elle les yeux exorbités.

— Que veux-tu dire par là ?

— Tu te souviens de toute cette ville envoyée en exil ? Le soir de notre rencontre nous l'avons longée en route vers le nord... Elle occupait des centaines de voies. Les gens avaient reçu l'ordre de porter cette plaquette autour du cou.

— Et cette femme rousse n'est pas la seule, dit Lien. Ils en ont tous. Ou presque.

Mais le géant s'impatientait, tapait de son poing et criait des mots qui leur parvenaient comme un murmure mais sans perdre leur ton impératif.

— Il faut faire quelque chose, dit Floa. Sinon il va prendre un outil pour tout casser.

— Je vais essayer de parlementer avec lui, dit Lien.

Il enfila à nouveau sa combinaison isotherme et passa dans le sas. Un instant il hésita avant d'ouvrir la seconde porte sur l'extérieur puis osa. L'Homme Roux descendit alors sur la glace et Lien l'y rejoignit. Il faillit rester sur le marchepied pour être à hauteur du personnage tant ce dernier était grand.

Ils se regardèrent pendant quelques secondes puis l'homme le saisit par le bras mais le lâcha aussitôt avec une expression de dégoût. Le contact du tissu isotherme ne paraissait pas lui plaire. Il lui fit signe de le suivre.

Lien passa au milieu des femmes qui le regardaient effrontément. L'une d'elles lui bloqua carrément le passage et commença de lui palper le ventre, doutant qu'il fût réellement un homme. Il pensa avec terreur que si jamais elle trouvait le système d'ouverture prévu à cette hauteur il n'en serait réellement plus un dans cette température de moins soixante degrés.

Elle trouva entre ses doigts sans avoir à le dénuder et dit quelque chose d'incompréhensible qui fit rire tout le monde, et le laissa aller. Jamais il n'avait ressenti une telle humiliation au sujet de son sexe.

Derrière son guide, il suivait la piste entre les deux rails recouverts de glace. Il fallait le perfectionnement du loco-car pour avoir réussi la performance de parcourir plusieurs kilomètres.

Et puis ce fut le pont effondré. Un vieux pont dont le tablier pendait dans un abîme. Il lui parut impossible d'aller plus loin. Sujet au vertige il redoutait de découvrir une crevasse insondable. Mais son guide lui cria quelque chose et il fit quelques pas prudents. Comme il regardait aussi loin que possible en face il aperçut la paroi opposée de la crevasse et découvrit que les Hommes Roux avaient creusé un chemin de descente dans l'abîme. Et son guide l'entraînait sur cette voie étroite excessivement fréquentée. Il y avait des hommes et des femmes, et pour la première fois il vit aussi des enfants, qui montaient et descendaient. Au retour ils avaient tous les bras ou le dos chargés d'objets les plus ahurissants.

Beaucoup d'étoffes mais aussi des sièges, des ustensiles, des livres, beaucoup de livres, des vêtements en ballots. Et surtout de la nourriture.

Pendant une demi-heure il resta collé au dos de son guide sans tourner la tête vers le vide. Il ignorait combien de temps durerait cette descente mais il n'était pas près de jauger le fond de la crevasse. Il comptait sur les sons étouffés par sa cagoule pour lui indiquer le moment où ils approcheraient.

Jamais il n'avait vu autant d'Hommes Roux rassemblés en un seul endroit. Même à Grand Star Station sur le dôme ils étaient beaucoup moins nombreux. Cette tribu devait dépasser les cinq cents membres. Les enfants y étaient nombreux, capables de marcher à l'époque où les autres restaient encore au berceau. Ils semblaient bien nourris mais leur toison pouvait cacher leur maigreur. Il en vit un qui remontait avec un bloc de lait surgelé qu'il léchait avec gourmandise. Un autre avait les mains pleines de sucre en poudre dans lequel il plongeait régulièrement son visage.

Et puis il sut qu'il pouvait enfin regarder sans être pris de vertige et vit les wagons écrasés, entremêlés dans leurs structures métalliques, entassés sur une hauteur incroyable. Pas exactement les wagons d'un express ou d'un omnibus mais ceux qui constituaient les bâtiments d'une ville sur rails comme l'était par exemple F-Station. Certaines carcasses appartenaient même à des quartiers construits en néo-gothique ou à l'imitation des maisons à colombages de certains pays.

Oubliant la présence de ces médailles au cou des femmes et des enfants, il pensa que la Sûreté avait envoyé dans cette crevasse une partie de la ville de

F-Station pour punir les habitants en les privant de leurs maisons. Peut-être parce que les anciens occupants avaient aussi été dirigés sur un camp de concentration.

Mais alors que le chemin de descente passait sur un pont naturel en glace il vit les cadavres. Les Hommes Roux les avaient entassés en piles régulières dans un resserrement de la crevasse. Des sortes de pyramides parfaites. Les hommes d'un côté, les femmes d'un autre et les enfants encore à part.

Il cessa de marcher, s'appuya contre la paroi. Les êtres roux qui allaient et venaient le bousculaient un peu mais il ne pouvait plus bouger de là, fasciné par cette horreur. Il essayait de compter mais ne faisait que répéter certains chiffres. Son guide s'apercevant qu'il ne suivait plus remonta vers lui :

— Venir.

Lien Rag sursauta comme tiré d'une profonde torpeur :

— Vous parlez comme nous ?

— Venir.

Bientôt il tourna le dos aux pyramides macabres mais se retourna à plusieurs reprises pour les regarder. Ils approchaient d'un premier palier où les wagons étaient le plus nombreux. La crevasse devait encore s'enfoncer en se rétrécissant mais les deux trains l'avaient comblée en partie. Deux trains de plus de trois kilomètres de long à eux deux. Des dizaines de wagons, des milliers de personnes. Les gens les plus inquiétants pour la Compagnie avaient tous terminé leur vie dans cet abîme tandis que le reste de F-Station filait vers la déportation.

— Là, dit l'Homme Roux.

Il paraissait terrorisé et Lien comprit la raison de son effroi.

Couchée sur le flanc une vieille machine à vapeur gigantesque continuait de fonctionner. Il connaissait bien ce type de loco qui datait de près de deux siècles et dont l'eau était réchauffée par des déchets radio-actifs. Il voulut reculer en entraînant l'homme mais ce dernier secoua la tête :

— Non... toi venir et arrêter...

Une machine des plus sommaires fabriquée à l'époque de la Grande Panique, quand il fallait faire vite et n'importe comment. Des déchets vieux de trois cents ans étaient enfermés dans un container de plomb et d'acier plus ou moins étanche. Ce

« foyer » réchauffait l'eau d'une chaudière tubulaire et le mouvement était transmis à des pistons de conception ancienne. Plus tard toutes ces machines avaient été mises au rebut, enfermées dans des cavernes profondes pour éviter que leur radioactivité ne se propage. Mais la Sécurité n'avait eu aucun scrupule à les sortir de leurs abris pour les atteler à ces deux convois destinés à basculer dans la crevasse.

— Oui, dit Lien, c'est dangereux très dangereux... Il faut partir d'ici très vite.

— Toi venir... arrête ça.

Ce qui devait surtout les effrayer, c'était le halètement de la chaudière qui continuait à fonctionner plus ou moins bien malgré l'énorme chute. L'eau se réchauffait, se transformait en vapeur qui s'échappait par des soupages ou même l'ancien tiroir. Lien désespérait de lui faire comprendre qu'il ne pouvait en approcher sans risques mortels.

— Vite…

— Non… Il faut remonter… Tout le monde, dit Lien, en faisant un geste circulaire du bras. Ça, c'est mauvais. Ça peut exploser.

Jamais les Hommes Roux de cette tribu n'avaient dû approcher des grandes lignes ferroviaires ni voir de loco-vapeur. Ils vivaient dans ce territoire hostile loin des hommes et de leurs techniques, peut-être ignorant même leur existence. Pourtant celui-là connaissait quelques mots du langage officiel de la Compagnie. Il avait dû se trouver en contact avec des gens civilisés.

Lien tout en contemplant les restes de la grosse machine imaginait ce qu'avait dû être la nuit de cette tribu lorsque les deux convois lancés à toute vitesse avaient basculé dans le vide. Néanmoins ils avaient su vaincre leur appréhension pour venir piller les épaves.

Une femme s'approchait avec des boîtes de conserve et les montrait à son compagnon qui les flairait avec circonspection.

— Oui, dit Lien, elles sont bonnes.

Il en prit une, l'ouvrit en tirant sur la languette. Elle contenait des boulettes de soja à la viande et malgré son horreur de ce plat il en porta une à ses lèvres. La femme lui arracha la boîte et se pencha en arrière, la vida toute dans sa bouche.

Le géant le saisit soudain aux épaules et le poussa à reculons vers la machine. Puis voyant que Lien refusait encore il ramassa une ferraille tordue et l'en menaça. Des gosses voyant cela arrivèrent avec d'autres débris et se mirent à le bombarder.

— Écoutez… Il y a de la radio-activité très certainement. Même cette vapeur est…

Il dut céder devant les risques d'être assommé par des boulons ou blessé par des débris de verre. Il alla se mettre à l'abri d'un bogie mais les enfants l'en délogèrent vite. Il ne lui restait plus qu'à marcher vers la machine fumante. Non seulement il risquait d'être salement contaminé et de mourir à plus ou moins longue échéance, mais comme la vapeur fusait à l'improviste de n'importe où il n'eut plus que le souci d'être ébouillanté.

Un jet jaillit brusquement à côté de lui. Il fit un écart affolé ce qui provoqua le rire des gosses. Il contourna le monstre couché, espérant découvrir une vanne quelconque qui viderait la chaudière. En agissant ainsi il ferait une saloperie mais provisoirement la machine resterait inerte, même si la charge de déchets radioactifs continuait la terrible dispersion de rayonnement mortel.

Il essaya de se souvenir du plan de ces locos qu'il avait dû examiner très superficiellement à une époque mais il avait tout oublié. Et puis il se souvint que la chaudière était alimentée par un réservoir autonome. Il suffisait de le trouver et de rompre la canalisation d'arrivée. Comment ? Il l'ignorait mais il devrait y parvenir.

Mais ce fut plus facile qu'il ne le pensait tout d'abord. Le réservoir de la machine était crevé, béant mais son système de réchauffement continuait à fonctionner et faisait fondre la glace environnante dont l'eau coulait dans la canalisation d'alimentation. Il n'eut qu'à découpler le système de réchauffement et attendit patiemment à distance.

Bientôt les jets de vapeurs commencèrent à s'espacer imperceptiblement. La chaudière commençait à se vider. Et puis tout à coup il pensa qu'elle risquait d'exploser et il préféra affronter les projectiles des gosses que de rester sur place.

10

Amusée malgré la situation, Floa promena un compteur de radiations sur lui lorsqu'il sortit de la douche.

— Légèrement radio-actif, dit-elle, mais ça peut aller. Tu étais vraiment paniqué tout à l'heure.

— Ils sont toujours là, fit-il agacé par cette ironie.

— Toujours. Je crois qu'ils vont désormais nous utiliser pour les tâches qui les rebutent ou les effrayent. Tu as réussi à débrancher cette chaudière et ils doivent penser que tu es un grand sorcier.

— Je t'en prie.

La chaudière n'avait pas explosé et il était remonté à peu près sain et sauf de la crevasse infernale. Mais il ne pouvait oublier les pyramides de cadavres.

— Tous les contestataires de F-Station certainement, dit-il. Un millier de morts, peut-être plus.

— Je comprends comment la Sécurité résout ses problèmes. Le conseil d'administration sera heureux de l'apprendre.

— Comme s'il ne le savait pas déjà.

— Fais-moi l'honneur de me croire, répliqua-t-elle vexée. Il faut que je descende et que je fasse des photographies.

— Il n'accepteront peut-être pas que tu ailles en bas. Et cela risque d'être dangereux.

— Tu as peur qu'ils me violent, fit-elle avec un frémissement dans la voix qui lui déplut. J'ai vu cette femme qui te pelotait outrageusement. J'ai bien cru que tu allais y passer... Mais par cette température il aurait fallu être fou pour parvenir à...

Il se rendit à l'arrière, se confectionna un sandwich qu'il mangea sans appétit en buvant de la bière. Elle finit par le rejoindre et l'embrassa tendrement en signe, de paix.

— Je suis très nerveuse, dit-elle. Nous sommes en train de gaspiller du combustible. Si dans quarante-huit heures ils ne nous laissent pas repartir, ce sera le désastre. Ou nous forçons le passage et ce sera risqué, ou bien je lance un appel radio. La Sécurité viendra à notre secours mais tu imagines mon humiliation et celle de mon père.

— Pour forcer le passage il faut utiliser le laser et risquer d'en tuer plusieurs.

— Tu hésiterais ?

— Je refuse.

— Tu es idiot, dit-elle. Tu préfères crever ?

— On doit pouvoir négocier. Mon guide se nomme Nou et je crois qu'il éprouve quelque sympathie pour moi.

— En te faisant lapider par les gosses ?

— C'est de la vieille histoire, dit-il.

Les Hommes Roux se tenaient à distance du loco- car mais il y avait toujours des yeux dirigés vers eux.

— Ce ne sont que des pilleurs d'épaves, dit-elle.

— Ils ont profité de l'aubaine, ne l'ont pas provoquée. Si tu appelles la Sécurité par radio, ils viendront, certes, mais nous feront disparaître. Je sais, je sais…

Il leva la main pour l'empêcher de parler à sa place :

— Je sais que Floa Sadon est un personnage important mais chaque jour il arrive des accidents à des personnages importants et en définitive, lorsque nous serons morts toi et moi, nous nous foutrons bien des ennuis que ton père créera à la Sécurité. Non, il faut que nous nous en sortions seuls.

Ce fut vers le soir qu'apparut le curieux personnage habillé d'une combinaison isothermique noire et portant une croix d'argent brodée sur la poitrine et le dos. Floa identifia bientôt le nouveau venu :

— C'est un père des Missions néo-catholiques.

— Tu connais ces gens-là ?

— Père a accepté que cette secte soit agréée dans la Province 17. Ces gens-là, comme tu dis, commencent à prendre de l'importance.

— Je me demande ce qu'il veut.

— Ils ont décidé d'aller vers les Hommes Roux pour leur apprendre notre langue et les évangéliser. Ces sauvages adorent n'importe quoi. Tu sais que ceux qui travaillent sur les dômes pensent que nous sommes des dieux enfermés dans une bulle de glace ? Et ils sont émerveillés de nous voir bouger

sans la moindre gêne.

— À la fin ils doivent être blasés… Je n'ai jamais eu l'impression d'être un objet d'adoration pour les nettoyeurs de glace de G.S.S.

Floa colla son nez à la vitre et parut vexée que le missionnaire ne vienne pas directement vers eux. Il allait d'un groupe à un autre, tapotait des épaules, caressait la tête des enfants. Jamais il ne parut s'intéresser à la loco.

— Il finira bien par regarder vers nous, fit la jeune fille exaspérée.

— Sais-tu comment il est venu jusque-là ?

— Je l'ignore. En traîneau, peut-être. Ils ont l'autorisation d'utiliser ce genre d'engin.

— Ils sont vraiment choyés, fit Lien qui se méfiait de toute religiosité et superstition.

Elle finit par tourner le dos à ce qui se passait à l'extérieur.

— Allons faire l'amour, proposa-t-elle.

— Mais si ce type vient nous voir ?

— Et alors ? Tu veux l'inviter ?

Elle défit sa combinaison qu'elle portait à tout hasard depuis qu'il l'avait laissée seule, et apparut entièrement nue. Lien eut un regard pour le religieux avant de la suivre dans la partie arrière du loco-car. Mais soudain il s'immobilisa et pâlit au point qu'elle crut qu'il allait vomir. Elle comprit et secoua la tête :

— Je croyais te faire oublier tes amis et ces pyramides de cadavres. C'est plutôt raté.

Il retourna dans la cabine et elle le rejoignit avec une bouteille de vodka.

— Tiens, bois ça. Sais-tu pourquoi l'alcool s'appelle toujours vodka depuis le début de l'ère glaciaire ? Le premier qui a été remis en vente après la Grande Panique a été de la vodka retrouvée dans un bateau russe coincé dans la banquise en mer du Nord.

Il prit le verre qu'elle lui tendait, le vida d'un coup, le laissa remplir à nouveau.

— Voilà le prêtre, dit-il.

Derrière le plexiglas de sa cagoule protectrice apparaissait un visage glabre et il fut déçu, s'attendant à un barbu. Le missionnaire traversa le sas et ôta sa cagoule :

— Eh bien, je ne pensais pas trouver qui que ce soit dans cette terre désolée. Que faites-vous donc ici ?

— Nous sommes venus pour les deux trains qui sont tombés dans la crevasse.

— Journalistes, fit-il d'un drôle de ton.

— Non, répondit Lien. Vous avez vu les restes des deux convois ? Les cadavres ?

— Si vous aviez l'équivalent de ce verre vous me feriez plaisir, dit le missionnaire. Oui, j'ai vu ces épaves, ces cadavres, mais j'ignore de quoi il s'agit.

— D'un crime abominable de la Sécurité...

— Au fait mon nom est Pierre. Père Pierre, si vous voulez bien. Vous parliez de ces malheureux voyageurs... Vous savez, l'accident remonte à une très lointaine période... Vous avez vu le type de la machine...

— Comment pouvez-vous dire ça ? fit Lien furieux alors que la machine fumait encore... Je suis descendu il n'y a pas deux heures... J'ai vu la vapeur sortir de la chaudière et un certain Nou m'a forcé à couper l'alimentation en eau.

— Ah ! Ce brave Nou, le chef de la tribu. Un garçon extraordinaire.

— Vous entendez ce que je dis ? hurla Lien. Il y avait encore de la vapeur et ces gens ne sont morts que depuis quelques jours. Exactement...

Le père Pierre regarda Floa et lui sourit :

— Je comprends la commotion de votre ami... Mari, peut-être ?

— Non, vous avez dit juste, simplement ami. Comment pouvait-elle garder ce ton froid, ne pas s'indigner elle aussi ?

— Je suis descendu plusieurs fois au fond de cette crevasse pour prier pour ces pauvres gens.

— Et les plaquettes, dit Lien entre ses dents, les plaquettes avec les lettres F-S... Vous n'avez pas entendu parler d'une ville condamnée à l'exil pour rébellion contre la Compagnie ? Ces deux convois venaient de cette ville. Ce n'étaient pas deux trains ordinaires mais ils appartenaient à une ville sur rails. Les wagons avaient plusieurs étages... Ils ne peuvent pas emprunter des tunnels ceux-là et c'est pourquoi on fait faire de tels détours à cette ville proscrite...

— Voyons, dit le père, je vous assure que vous vous trompez. J'ignore ce que signifient ces plaquettes mais cet horrible accident date de deux siècles au moins... Le froid seul peut vous induire en erreur... Ces cadavres sont parfaitement conservés et...

Lien regarda Floa qui réchauffait un verre d'alcool dans sa main, l'air complètement indifférent à cette discussion. Trop indifférent. Était-ce sa façon de lui faire comprendre qu'il devait se méfier du père, ne pas insister ?

— Vous avez pu voir que la machine est d'un type ancien ? Elle fonctionne depuis deux cents ans à cause du réacteur atomique... En fait un simple container blindé qui sert de foyer et pourvu d'un réseau primaire de refroidissement en vase clos. Ce réseau alimente la chaudière et produit la vapeur. C'est simple, frustre et très dangereux. Mais on ne se souciait plus de la radio-activité. Le froid était venu et on cherchait désespérément tous les combustibles. À cette époque il y avait des prospecteurs qui gagnaient des fortunes en retrouvant les anciens silos des déchets radio-actifs, les mines de sel bourrées de ces produits dangereux. Il y a eu des accidents effroyables, des villes entières décimées par cette course aux combustibles. Mais il y avait aussi des gens qui mouraient de froid. On préférait mourir au chaud.

Lien ne parvenait pas à recouvrer son calme. Le père mentait avec une audace inouïe et le glaciologue comprenait que ce n'était pas un mensonge impudent mais calculé. Toute cette histoire pouvait effectivement passer pour une vieille histoire.

— Le réacteur continue à produire de la chaleur et il provoque de la vapeur d'eau...

Nou, l'Homme Roux, l'avait forcé à débrancher l'alimentation en eau. Était-ce calculé dans l'esprit de l'homme primitif ? Ou bien le père Pierre y était-il pour quelque chose ?

— Ce fut un accident horrible mais on doit en retrouver trace dans les archives, continuait le religieux. Le pont a dû craquer sous le poids du premier train. Il y eut à cette époque une sorte de ruée vers le sud. On affirmait que vers l'équateur le soleil était visible sous forme d'une tache d'un rose léger dans le ciel gris. On disait qu'il n'y faisait que zéro degré et que parfois la température montait très légèrement et qu'il n'y avait pas de glaces. En fait ce n'était qu'une légende. Comme toutes les autres.

Le commandant Vicra l'avait traité de fou et le religieux pensait que la vue des cadavres l'avait traumatisé.

— Écoutez, fit-il avec conviction. J'étais dans cette région il y a huit jours. Je suis glaciologue, je dirigeais une équipe de spécialistes et nous disposions d'instruments perfectionnés. Des sismographes très précis. Une nuit nous avons enregistré le passage de deux trains sur cette voie. Je sais qu'elle est vétuste et classée en catégorie double X. Mais je me suis rendu compte qu'en fait elle était encore très solide, qu'elle pouvait supporter de grosses charges. Ces deux trains mesuraient l'un un kilomètre, l'autre plus de deux.

Le père Pierre regarda Floa. Un simple clin d'œil mais que Lien surprit.

— Non, je ne suis pas fou.

— Bien sûr, murmura le père Pierre. Votre histoire est troublante. Mais vos appareils...

— J'ai montré les graphiques à un commandant de la Sécurité mais ils ont disparu.

Comme ses explications paraissaient vaines soudain. Il ne pouvait rien prouver. Même les cadavres empilés ne pouvaient rien. Et si vraiment il devenait trop gênant, on ferait sauter les hauts de la crevasse et des milliers de tonnes de glace enfouiraient définitivement les victimes de la Sécurité.

— Je comprends, fit le prêtre sur un ton qu'il devait employer avec les enfants, les Hommes Roux. Je comprends parfaitement.

Lien lui tourna le dos et alla coller son front à une vitre de la cabine. Il y avait là une femme qui allaitait un tout petit bébé. Un nourrisson déjà très vigoureux. La femme leva les yeux et le regarda. Il lui sourit mais elle resta inerte.

— Vous venez les évangéliser ? demanda-t-il.

— Non, répondit le missionnaire. Non... Le concile de la Nouvelle Rome doit se prononcer sur l'existence ou non de leurs âmes. Nous ignorons qui ils sont, d'où ils viennent. Si par hasard ils sont d'origine animale, ce serait un sacrilège que de vouloir les instruire dans la religion et de leur donner les saints sacrements. Mais cela n'empêche pas qu'on vienne à eux, qu'on essaye de les aider, de soulager leurs souffrances.

— Ils ignorent la pire de toutes, dit Lien en haussant les épaules. Ils ne souffrent pas du froid.

Assise sur un bloc de glace la femme le regardait toujours en donnant le sein à son enfant. Elle était nue. Seule la pointe longue et dure de son sein droit émergeait de sa fourrure clairsemée. Une tache d'un rose beige. Plus bas le sexe s'épaississait de poils plus sombres.

— Ce sont quand même des êtres perdus, murmura le père.

Il fut surpris car il ne l'avait pas entendu se rapprocher de lui.

— Je les trouve très beaux.

— Ce ne sont que des animaux, dit le père d'une voix étrange. Ils troublent les sens par leur apparence humaine. Ils peuvent inciter au péché de la chair mais c'est comme vouloir forniquer avec une chèvre ou une femelle de renne.

Brusquement il vint à l'esprit de Lien que le père avait dû être souvent tenté au cours de son apostolat et un sourire moqueur naquit sur ses lèvres.

— Moi aussi je les trouve beaux, dit Floa en les rejoignant. Je comprends que certains hommes ou certaines femmes cherchent à s'unir à eux.

— Ne parlez pas ainsi devant moi, dit le religieux qui transpirait.

C'était peut-être sa combinaison isotherme qui lui donnait si chaud dans un endroit aussi tempéré. Pourtant il avait largement ouvert le vêtement.

— Ils ne veulent pas nous laisser repartir, dit Floa sans transition. Ils ont coupé le chemin de retour avec des blocs de glace. Nous pourrions nous servir du laser mais nous y répugnons. Pouvez-vous intervenir pour nous ?

Le père Pierre ne répondit pas tout de suite. Il regardait toujours la femme allaitant.

— Des enfants sont nés de ces unions... Oh ! pas dans notre civilisation sur rails. Les fautives ont eu tôt fait de se faire avorter mais dans les déserts de glace il y a des enfants métis, bâtards, qui souffrent de leur condition. Le père inconnu ne leur a apporté qu'une certaine forme d'intelligence là où la résistance au froid est nécessaire. Comme ils claquent des dents et frissonnent, ils deviennent la risée des tribus et sont voués à s'exiler. Il sortit soudain de sa rêverie douloureuse :

— J'ignore pourquoi Nou vous retient ici. Il n'a pas daigné m'en informer et j'ai pour règle de ne pas intervenir dans leurs affaires.

— Vous voulez dire que vous ne ferez rien ? lança Lien irrité.

— Je n'ai rien dit de tel mais je dois agir avec prudence. Prenez patience.

— Bientôt nous n'aurons plus de combustible, dit Floa agacée.

— De toute façon je vais rester dans le coin. Je ne vous laisserai pas tomber.

Ils le virent longer la voie, se diriger vers la crevasse.

— Il sait très bien que ces deux trains sont tombés récemment, dit Lien furieux.

— Oui, il le sait très bien, dit Floa, mais les Néo-Catholiques possèdent un important lot d'actions de la Compagnie…

11

Ce fut une nuit exténuante. L'un et l'autre ne parvenaient pas à dormir. Ils n'avaient pas quitté leur combinaison isotherme mais ne pouvaient réduire la température du véhicule à cause de certains instruments trop sensibles aux variations. Ils étouffaient. De temps en temps l'un d'eux allait jeter un coup d'œil à l'extérieur, mais ne voyait rien.

— Ce religieux nous a laissé tomber, dit Lien. Il ne prendra aucun risque pour nous.

— À moins qu'il ne soit en train de s'envoyer une femme Rousse, suggéra Floa. Tu as vu son regard libidineux ? Et cette façon de parler avec angoisse des petits bâtards nés de ces unions avait quelque chose de coupable.

De temps en temps ils buvaient un peu de vodka en cachette l'un de l'autre, mais l'odeur sucrée de l'alcool se répandait alors dans l'habitacle.

— Et s'ils refusaient de nous laisser repartir ? dit Floa alors qu'elle grignotait un biscuit. Je pourrais entrer en communication avec mon père, lui expliquer tranquillement la situation. Mais la Sécurité intercepterait notre conversation. Il n'a pas le droit de recevoir directement des messages codés.

Ce fut l'aube. Les Hommes Roux avaient disparu ! Juste quelques traces, des déchets et des ordures. Floa folle de joie courait d'une vitre à l'autre.

— Je crois que cette fois ils ont filé... Nous allons liquéfier ces congères au laser et filer nous aussi.

— Et tes photos ?

— Quelles photos ?

— Dans la crevasse. Les cadavres...

— J'y renonce, fit-elle avec véhémence. Tu n'as pas compris le message du religieux ? Il nous a mis en garde. Nous devons oublier cette histoire, même moi, surtout moi dans l'intérêt de la Compagnie.

— Dans l'intérêt de la Compagnie, répéta Lien. Pour cet intérêt on doit liquider mille ou deux mille personnes, tuer mes camarades...

Soudain il saisit l'appareil électronique de la fille et se dirigea vers le sas.

— Lien.

Il referma la porte première, la coinça le temps de s'équiper hâtivement tandis qu'elle tambourinait fiévreusement.

— Reviens, criait-elle faiblement.

Il se retrouva au sol, marcha vers la crevasse. Elle apparut en haut du marchepied et hurla :

— Je ne t'attends pas, je pars.

Puis elle rentra à cause du froid, mais bientôt elle le relança avec le haut-parleur du véhicule. Elle klaxonna violemment puis sa voix coléreuse envahit le silence glacé et dut porter à des kilomètres.

— Écoute-moi bien, Lien. Si tu ne reviens pas, je m'en vais et je te laisse dans le coin. Tu te démerderas. J'en ai marre, moi, de ces histoires !

Elle continua à l'interpeller, tantôt menaçante, tantôt suppliante. Il atteignait le bord de la faille immense, cherchait le chemin qui descendait, entaillé dans les parois, en forme de vrille irrégulière mais il n'en voyait plus l'amorce. Il finit par s'allonger au bord du vide et luttant contre le vertige regarda en dessous de lui. Le chemin existait toujours mais à dix mètres en dessous. Les Hommes Roux l'avaient effacé plus haut avec leurs outils. Il aurait dû travailler toute une journée pour le reconstituer. Il pensa que le loco-car disposait d'un treuil. En s'approchant Floa pouvait le laisser descendre jusqu'au chemin interrompu d'où il rejoindrait le fond. Oui, il était capable de dominer son vertige pour pouvoir faire ces photographies accusatrices.

Il remonta la voie vers l'endroit où se trouvait le loco-car, mais le vent qui commençait de souffler l'obligea à baisser la tête et c'est ainsi qu'il dépassa l'endroit où le véhicule aurait dû l'attendre. Floa était partie. À coups de laser furieux elle avait éparpillé les blocs de glace, les repoussant ensuite avec le bouclier en forme de soc qui servait de chasse-neige.

Dans le fond, il n'était pas surpris. Elle avait fini par comprendre quel était son intérêt. Il ne fallait pas que la Compagnie soit accusée de ce génocide. Elle ne pouvait entrer en conflit avec les siens. Elle aimait sa vie luxueuse, ses privilèges, n'était pas prête à y renoncer. En l'abandonnant, elle rompait avec le remords, une forme d'amour qu'elle devait mépriser, dans le fond. Elle n'aimait que les étreintes sexuelles et variées. Ce néo-romantisme insolent qui les rapprochait l'un de l'autre devait lui paraître encombrant. Il continua de marcher au milieu des rails jusqu'à ce qu'il sorte enfin de l'étroit canon long de plus d'un kilomètre. Le loco-car s'y trouvait, juste après une courbe assez accentuée de la voie. Elle avait dû oublier d'arrêter la sortie de la vapeur et celle- ci fusait avec un petit bruit rassurant en direction de la glace des bordures. Et soudain il fut heureux. Lui aussi avait envie de vivre sans souci, de profiter des meilleures choses de l'existence. Mais il ne le lui avouerait jamais.

— Donne, dit-elle.

Elle tendit la main vers l'appareil de photographie.

Il refusa de le lui donner.

— Ne fais pas l'imbécile, dit-elle.

— Que veux-tu en faire ? Accuser la Sécurité ?

— Donne.

— Non. Tu as réfléchi grâce aux paroles du père Pierre. Tu sais désormais où est ton intérêt. Le besoin de protéger la Compagnie devient un autre patriotisme et les impératifs de la Compagnie de nouvelles raisons d'État.

— Ne discute pas. Donne-moi cet appareil. Elle prit sa carabine et pointa le canon vers lui.

— Tu tirerais ?

— Oui.

— Tiens, dans ce cas.

Il lui lança l'appareil. Elle sursauta lorsqu'il éclata d'un rire fou, appuya sur un bouton et découvrit l'écran vide de l'appareil de photographie.

— Tu n'as pris aucun cliché ?

— Aucun, le chemin est interrompu. Elle eut un sourire narquois, lui jeta sa carabine.

— Bon échange de procédés. Il n'y avait pas de chargeur dans cette arme. Nous sommes quittes.

— Tu t'en vas le cœur léger ?

— Non, mais je veux vivre heureuse. Eux derrière nous, tes camarades, sont morts. Nous sommes vivants. Bien vivants dans un monde glacé. Pour survivre, il faut se durcir. Mais ne crois pas que je vais oublier ton récit. Un jour nous aurons notre revanche. Nous découvrirons qui a donné l'ordre d'envoyer ces trains vers la crevasse, qui a provoqué la mort de milliers de personnes. Tu sais, je pense que les locomotives étaient téléguidées.

Lien eut alors une révélation :

— L'écran électromagnétique, la cage de Faraday. Ils ont envoyé du courant dans les vieux rails pour une nuit. Pour que le servomoteur des commandes des vieilles machines soit alimenté... Oui, voilà pourquoi la radio ne marchait pas. Un courant de haute fréquence.

Lentement le loco-car roulait vers le bout de cette ligne oubliée. Ils passèrent à la hauteur du convoi des glaciologues.

— Un linceul de glace, fit Lien avec un humour sombre, pour des glaciologues. N'est-ce pas l'idéal ? Ils roulaient depuis des heures lorsqu'il lui demanda où ils allaient. Elle répondit qu'elle devait passer à River Station. En cours de route elle avait dû s'arrêter pour prendre du combustible et avait

téléphoné à son père.

— Je préférerais aller au club, dit-il.

— Nous pourrons nous y rendre ensuite.

— Que te veut ton père ? Elle parut gênée et il comprit :

— Il n'aime pas te savoir en ma compagnie ? Il pense que ton caprice dure un peu trop, cette fois ?

— Pas tout à fait, mais il désire te voir. Tu sais, il est toujours inquiet à mon sujet. Ces actions que j'ai héritées de mon grand-père maternel lui donnent du souci. Il pense, et il a raison, que je suis exposée à toutes sortes de danger.

— Y compris celui des coureurs de dot ?

— Ne t'inquiète pas, il est capable de tout admettre.

— Même une mésalliance ? fit Lien un peu sèchement. Elle voulut l'embrasser mais il s'éloigna d'elle :

— Je n'ai pas envie de t'épouser. J'espère reprendre du travail dès que possible. Je pense qu'on pourra me confier une autre mission.

— Ne commence pas à parler ainsi. Je suis libre de mes décisions. Moi je veux que tu vives avec moi, c'est tout.

— Je ne suis peut-être pas fait pour cette vie de confort et d'oisiveté.

— C'est pourquoi tu désires te rendre au club ?

Ce besoin d'oublier tout, de vivre luxueusement quelques heures, voire deux jours ou trois, était-ce déjà se compromettre avec une existence factice ? Elle croyait qu'il accepterait cette vie dorée mais ne soupçonnait pas sa force interne.

— Tu es coincé, hein ? remarqua-t-elle en riant.

— D'accord, reconnut-il.

Ce fut River Station et la voie prioritaire vers le palais du gouverneur. Il y avait sur les lignes des employés qui regardaient passer le loco-car et Lien croyait comprendre leurs sentiments. Au-dessus d'eux des Hommes Roux nettoyaient la glace qui ne cessait de s'entasser sur le dôme. Il pouvait voir leurs silhouettes indécises en plusieurs endroits de la verrière. Il pensait à Nou, à sa tribu qui errait quelque part dans l'immensité des glaces. Il se demanda si, chez l'ennemi, il existait des Hommes Roux, posa la question à Floa qui, préoccupée par la manœuvre d'arrivée, lui répondit distraitement qu'elle ne savait pas, qu'elle ne s'était jamais posé la question.

Et si les hommes libres c'étaient ces nomades nus qui peut-être franchissaient clandestinement le front pour pénétrer chez l'ennemi et vice-versa ?

— Ton père doit avoir une immense bibliothèque.

— Oui, elle est assez extraordinaire.

Il s'en réjouit. Il pourrait consulter tous les ouvrages écrits sur ces Hommes du Froid, apprendre peut-être enfin d'où ils venaient.

— Terminus, dit-elle gaiement. Nous allons voir ce cher papa. Il a dû s'inquiéter terriblement.

12

— Tu n'es pas encore habillé pour cette soirée ?

Floa venait de surgir dans la bibliothèque du palais ou Lien était en train de lire. Il sursauta comme pris en faute et leva des yeux éblouis car la jeune femme venait d'allumer le lustre central alors que jusque-là il se contentait d'une petite lampe posée sur sa table.

— Excuse-moi, dit-il. J'étais passionné par cet ouvrage.

Elle le lui arracha presque des mains, lut le titre et haussa les épaules.

— Deux ans avec les Hommes du Froid, de Greog Lukas. Mais ça date de quand cette idiotie ?

— Cinquante-trois ans exactement. Ne me perds pas la page. Lukas a fait des constatations extraordinaires sur les Hommes Roux et je m'étonne que jamais personne n'ait songé à utiliser ses découvertes. Ce livre est complètement oublié.

Elle le prit par la main, l'entraîna jusqu'à l'ascenseur qui conduisait à leur appartement. Il disposait de deux chambres, d'un salon et d'une salle de bains immense avec une piscine comme baignoire. Le gouverneur exigeait qu'ils fassent lit à part en attendant leur mariage prévu pour dans trois mois.

— Par exemple, il a étudié le métabolisme basal de ces gens-là. Il est évidemment différent du nôtre puisqu'ils peuvent lutter contre des froids intenses. Le nôtre s'est déjà modifié au cours des deux siècles et demi de l'ère glaciaire...

Floa hochait la tête comme si elle était très attentive mais lui ôtait sa veste d'intérieur, dénouait son pantalon de pyjama.

— Nous avons pris l'habitude de vivre dans des températures sans à-coups et souvent inférieures à 15 degrés. Dans les villes sous dôme, il ne fait jamais très chaud... Dix degrés, souvent moins. Il n'y a que dans ce palais qu'on est surchauffé et au club que l'on retrouve un climat torride...

Il sourit parce que Flora lui caressait le bas- ventre tout en l'aidant à se changer. Il adorait cette espièglerie sensuelle qu'elle mettait dans tous ses gestes.

— Hé ! dit-il, c'est pour quelle heure la réception ?

— Nous n'avons pas le temps, dit-elle en donnant une tape légère sur son sexe qui se relevait sous les attouchements légers.

— Je vais être excité toute la soirée et me jeter sur la première femme venue.

— Choisis la générale Harriss. Elle te dévore des yeux quand tu es quelque part.

— Elle est énorme et prétentieuse... Mais pour en revenir à Greog Lukas, c'est un type exceptionnel...

— Qui est-ce ?

— Mais celui qui a vécu chez les Hommes Roux, fit-il désespéré.

Agacé, il l'écarta pour enfiler cet habit un peu ridicule, à la mode depuis quelque temps. Des culottes bouffantes sur des bottes souples et une tunique brodée en rouge et vert. Sur la tête une toque en fourrure de loup. Floa portait une tunique semblable qui s'arrêtait aux genoux mais était fendue jusqu'à la taille sur le côté droit. Et pour ne pas rompre la ligne suave de sa jambe elle ne portait pas de slip.

— C'est indécent, dit-il, mais coquin… J'y pense ça me rappelle la tenue de fête des anciens Lapons. Tu as déjà entendu parler des Lapons ? Ils sont complètement assimilés depuis des siècles, se sont mariés avec des non-Lapons…

— Où veux-tu en venir avec tes Lapons ?

— Si les Hommes Roux descendaient d'eux ?

Mais je n'y crois guère.

Ce fut dans le loco-car conduit par un chauffeur du palais qu'elle se fâcha, lui reprochant de ne plus penser qu'à ces Hommes Roux et de passer ses journées dans la bibliothèque du palais.

— Il y a un mois que nous sommes à River Station et nous ne sortons presque jamais.

— Nous sommes allés régulièrement au club.

— Il y a quand même d'autres endroits… Moi j'aime bien les cabarets et il en passe régulièrement dans cette ville. Certains sont excellents. Tu n'as pas voulu m'accompagner pour voir ces travestis, la dernière fois.

— J'ai horreur de ce genre de spectacle.

— Tu fais de la ségrégation sexuelle, dit-elle véhémente. Je le croyais pas que mon fiancé deviendrait un rat de bibliothèque.

— Pardonne-moi, dit-il soudain sincère, je ne voudrais pas te gâcher la vie.

Son futur beau-père lui avait fait obtenir un congé avec solde de six mois pour raison scientifique. Il devrait fournir un mémoire sur la glaciologie qui serait présenté à l'Académie des Sciences de la Compagnie. En fait il ne songeait qu'aux Hommes Roux, avait déjà découvert une demi-douzaine d'ouvrages sur ces êtres primitifs, mais sans élucider leurs origines.

Floa l'attira vers elle et ils s'embrassèrent avec passion. La main de Lien glissa sous la tunique brodée et vint folâtrer dans la blonde toison de sa femme qui commença de haleter. Il se contentait de caresses diffuses lorsqu'elle lui dit en mordillant son oreille :

— Fais-moi jouir, ce sera un acompte sur cette nuit. On risque de rentrer tard et fatigués.

Il plongea ses doigts dans le creuset fiévreux de sa compagne mais bientôt se détacha de son acte pour s'évader dans les grandes steppes glacées où erraient les tribus des Hommes Roux. Le plaisir de Floa le surprit en pleine rêverie.

— Pour te punir de ton indifférence de ces derniers jours, je ne te rendrai pas la pareille, dit-elle. Tu devras attendre ce soir.

— Cruelle, va, dit-il.

Floa s'arrangeait toujours pour arriver en pleine réception et créer l'événement. Elle était certainement la plus belle de l'assemblée et lorsqu'elle se laissa débarrasser de son manteau de loutre par un valet, sa nouvelle robe coupa le souffle à tout le monde.

Plus tard Lien se retrouva seul au buffet en train de boire un mélange de vodka et de jus d'orange.

Ce fruit était cultivé sous dôme depuis quelque temps et valait une fortune. Il n'apparaissait jamais dans les magasins ordinaires, mais les nantis et les pontes de la Compagnie disposaient de boutiques secrètes où l'on trouvait tout ce que l'on voulait, même des aliments que Lien avait cru disparus de la surface du globe depuis deux cent cinquante ans.

— Vous êtes bien le glaciologue Lien Rag ? lui demanda un petit homme à lunettes, vêtu d'une époustouflante veste brodée trop grande pour lui… Je me souviens que nous nous sommes connus dans un colloque sur l'évolution de l'ère glaciaire, il y a trois ans. C'était à Scientific Station. Mon nom est Harl Mern.

— Je me souviens parfaitement de vous, dit Lien soudain émoustillé. Vous aviez fait une conférence sur la faune nouvelle… Notamment sur la prolifération des loups et des carnassiers à fourrure. Mais vous deviez aussi parler des Hommes Roux… Malheureusement le colloque a été abrégé, je crois.

— C'est exact, dit Harl Mern en regardant autour de lui avec suspicion. Le prétexte était qu'un commando ennemi s'était infiltré dans la ville et que les circonstances exigeaient leur capture, mais en fait j'ai su qu'il n'en était rien… On voulait simplement m'empêcher de parler des Hommes Roux.

Lien se demanda si ce hasard était vraiment fortuit et éprouva une inquiétude réelle. On devait savoir qu'il se passionnait pour les Hommes Roux. Ne lui envoyait-on pas Harl Mern pour le faire parler, pour tester ses connaissances sur le sujet et en tirer des conclusions dangereuses pour lui ?

— Mais je préfère m'abstenir ici, dit le zoologue. Manœuvre pour lui inspirer confiance ou sincérité ? Lien resta sur ses gardes.

— Savez-vous ce que je suis devenu depuis ? Gardien de zoo… Enfin directeur, si vous voulez, d'un zoo itinérant qui circule de ville en ville et sur le front. Je prépare sa venue à River Station et c'est pourquoi je suis ici ce soir, invité par hasard parce que la générale Harriss s'intéresse aux animaux.

— Vous ne faites plus d'études sur la faune de la nouvelle ère glaciaire ?

— Il me faudrait du temps et des crédits. Non, c'est terminé, comme l'étude que j'avais entreprise des Hommes Roux... On trouve que le sujet n'est pas du domaine de la zoologie... Pardi ! je le savais bien mais comme je me suis toujours passionné pour eux il fallait bien trouver un biais... L'anthropologie est devenue une science suspecte depuis une centaine d'années et rares sont les étudiants qui peuvent opter pour cette branche. On m'a refusé de poursuivre ce genre d'études mais grâce aux animaux j'ai quand même pu accéder à de nombreux ouvrages et thèses.

Il sortit des espèces de cigares rouges que l'on appelait des bouts et qui étaient légèrement euphorisants. Lien refusa d'en prendre et il remarqua que les mains du savant tremblaient légèrement lorsqu'il saisit un chandelier pour allumer son bout.

— Vous ne vous intéressez pas aux Hommes Roux ? demanda-t-il à voix basse.

— Oh ! parfois je me pose des questions, dit Lien très réservé...

— En avez-vous vu de très près ? Rares sont les personnes qui ont eu cette occasion... Pourtant ils sont en permanence au-dessus de nos têtes en train de nettoyer les dômes, mais ceux-là ne sont pas tellement dignes d'intérêt... En vivant à proximité de nous ils se déforment rapidement, perdent leur spontanéité et leur identité... Il faudrait vivre avec les tribus nomades.

— Comme Greog Lukas, laissa échapper Lien qui le regretta aussitôt.

Si ce type était un agent de la Compagnie il devinerait que son interlocuteur lui avait menti en prétendant ne pas s'intéresser totalement aux Hommes du Froid.

Harl Mern lui saisit le bras dans sa petite main nerveuse et serra avec force :

— Lukas... Vous connaissez Lukas ?

— J'ai lu son ouvrage...

— Deux ans avec les Hommes du Froid... Un ouvrage introuvable... Je n'ai disposé que de quelques extraits photocopiés il y a vingt ans et dans un état déplorable.

— L'ouvrage est à la bibliothèque du palais. Le zoologue fit une sorte de petit bond effrayé :

— Vous pouvez accéder à la bibliothèque du palais du gouverneur ?

— Il se trouve que je suis sentimentalement lié avec sa fille, dit Lien avec quelque gêne.

— Je suis très heureux pour vous, dit le petit homme, très heureux... Mais excusez-moi il faut que j'aille dire bonjour à un ami et...

Lien fut surpris par son brusque départ. Il se hissa sur la pointe des pieds et l'aperçut qui se dirigeait vers la sortie.

— Excusez-moi.

Bousculant les invités et se faisant traiter de rustre, il réussit à rejoindre Mern alors qu'il recevait d'un valet méprisant un vieux manteau en fourrure de chien.

— Attendez... Nous n'avons fait que commencer à discuter.

— Il faut que je parte... Je vous assure...

— Je vais vous raccompagner...

Il demanda son manteau et rattrapa le zoologue sur le perron. Ils marchèrent en silence sur les quais déserts de cette partie de la ville, traversèrent un alignement de casernes sur rails avant de pénétrer dans un quartier populaire constitué de petites unités d'habitation sur rails elles aussi. Certaines familles ne disposaient que de deux mètres carrés par personne parmi les prolétaires les plus défavorisés, et de conditions de confort très difficiles. Il y avait des sanitaires collectifs et un chauffage déficient.

— Écoutez, Harl, ce n'est pas parce que je suis fiancé à la fille du gouverneur que je suis devenu différent. Il m'est arrivé ces derniers temps de terribles aventures et je suis forcé de vivre sous la protection de mon futur beau-père, ce qui ne m'empêche pas d'être très amoureux de sa fille.

Brièvement il fit le récit des jours qu'il avait vécus et Mern l'écouta avec attention.

— Pour l'instant j'ai renoncé à lancer une accusation contre la Sécurité au sujet de cette ville dont une partie a été précipitée dans une crevasse, mais je ne me résignerai jamais à faire le silence total… J'attaque donc par le biais et j'ai l'impression que les Hommes Roux représentent un secret encombrant pour la Compagnie… Je ne cesse de lire des ouvrages sur eux. Avant le Lukas j'ai lu l'étude génétique de Tiaras… C'est assez dur pour moi qui ne connais rien à la biologie, mais enfin certaines idées m'ont troublé…

Harl Mern s'arrêta pour allumer un autre bout et en fait il en profita pour regarder avec attention derrière eux :

— Vous comprenez que je sois très méfiant... Pouvez-vous encore me citer un autre ouvrage de référence pour que je vous croie ?

— Libizcn ; Superstitions et croyances. Il y a un chapitre consacré à l'ensemble des religions de ces êtres primitifs. Dacan qui consacre aussi un chapitre à la croissance rapide des enfants roux. Comme des animaux, ils sont capables de marcher et de courir au bout de quelques jours, parait-il.

— C'est suffisant, dit Mern soulagé, je vois que vous vous intéressez vraiment à eux. En fait l'exposé que je devais faire à Scientific Station était basé sur tous ces écrits.

— Vous aviez étudié le métabolisme basal de ces gens-là, disait-on dans les couloirs du colloque... À leur glande thyroïde et à l'absence d'un enzyme ?

— C'est exact... Mais ne restons pas ici... Ce quartier ne me plaît guère.

— Où logez-vous ?

— Au Terminus tout simplement, aux frais de la Compagnie. Oh ! je ne suis pas trop mal loti, en fait. J'ai une paye convenable mais ce sont ces voyages sans fin qui m'épuisent car je ne peux me consacrer à un travail sérieux. Pour en revenir à Libizcn je crois que c'est surtout chez lui que l'on peut découvrir l'origine des Hommes Roux...

— Son chapitre m'a paru assez court, fit Lien avec une moue peu convaincue.

Mern s'arrêta pour rallumer son cigare rouge. Il paraissait respirer difficilement. Peut-être abusait-il de ces bouts. On disait qu'il ne fallait pas en fumer plus de cinq par jour et pour les acheter il fallait une autorisation spéciale. L'usage des drogues n'était pas interdit, mais la Compagnie désirait savoir qui les utilisait et dans quelles proportions. Si Mern continuait ainsi, il perdrait un jour son poste de directeur de zoo pour se retrouver gratte-papier dans une administration quelconque.

— Oui, bien sûr, mais il y avait les notes de Libizcn qui ont paru après sa mort mais qui demeurent introuvables. On m'a dit qu'il y donne des détails inédits sur les religions des Hommes Roux. Et qu'un être fabuleux y revient sans arrêt. Un être qu'ils appellent le Loup Rouge.

— Oui, bien sûr, fit Lien un peu déçu... N'est- ce pas un peu normal pour des êtres primitifs qui côtoient sans arrêt des loups dangereux, que de les voir déifiés sous une sorte d'animal mythique ?

— Non, ce n'est pas ce que Libizcn veut signifier, mais hélas je n'ai pu avoir la totalité de ses notes.

Juste des fragments et il paraîtrait que l'explication de ce savant est stupéfiante... Malheureusement...

Il poussa soudain un soupir d'effroi. Une patrouille de la Sécurité approchait. Trois hommes silencieux qui n'eurent même pas un regard pour les deux noctambules qui devisaient en marchant lentement.

— Il faudrait donc essayer de retrouver ces notes perdues ? demanda Lien.

— Voilà. Je vais, si vous le voulez, tâcher de regrouper mes idées. Dans mes bagages j'ai des références... Je reste ici jusqu'à demain soir... Mais je ne veux pas vous rencontrer au palais du gouverneur.

— Je peux venir à votre hôtel, dit Lien. Demain matin ?

— Nous pourrions déjeuner ensemble, proposa timidement le petit homme... Je suis toujours seul à table sinon... Vers midi ?

— C'est entendu, dit Lien qui se demanda comment il ferait pour expliquer à Floa qu'il devait sortir. Puis il pensa qu'après la soirée chez la générale elle se lèverait trop tard pour assister à son départ.

— C'est entendu, dit-il. Mais je vous accompagne jusqu'au Terminus.

— Pour en revenir à la glande thyroïde de ces gens-là, elle a subi des transformations totales… Et sans que l'on puisse vraiment dire que ce sont des crétins ou des idiots congénitaux. Mais il est possible qu'ils ne jouissent pas de toutes leurs facultés mentales, nerveuses et biologiques.

— Vous avez pu en examiner ?

— Figurez-vous que j'ai pu en autopsier un qui avait été retrouvé mort, en partie dévoré par les loups, par mon équipe. J'ai pu faire quelques prélèvements mais il y avait dans notre groupe un agent de la Sécurité qui a donné l'alerte. Deux jours plus tard on venait me décharger, ce fut le terme utilisé, des restes macabres. À cette époque on accusait les Hommes Roux d'être des porteurs de germes infectieux, et surtout du virus de la rage. Celui-ci avait été mordu par des loups, donc son corps était suspect. Je ne me doutais pas à cette époque qu'il y avait un interdit aussi absolu concernant ces primitifs. Je dis absolu mais pas net, car aucune loi n'interdit de s'intéresser à eux. Seulement aucune recherche, aucune expédition, aucune étude sérieuse n'est encouragée. Et la disparition de l'anthropologie vient certainement de cet interdit.

Ils venaient d'arriver devant l'hôtel Terminus, un vaste ensemble assez vieillot entreposé sur un quai ancien et branlant. Certainement pas un palace. Lien pensa qu'un savant comme Harl Mern ne méritait pas un tel sort et en fut brusquement empli d'une colère froide.

— Mais où étais-tu passé ? demanda Floa lorsqu'il réapparut dans les salons de la générale.

— Je suis sorti un instant, dit-il sans préciser pourquoi.

— Fais-moi danser.

À sa façon de pousser son ventre contre le sien, il devina que tous ces hommes libidineux qui l'avaient serrée contre eux avaient fini par l'exciter au plus au point.

— Dire qu'il faut rester encore au moins deux heures, soupira-t-elle. J'ai envie de me retrouver seule avec toi.

Elle chuchota à son oreille ce qu'elle désirait qu'il lui fit et ce qu'elle lui ferait en échange. Ces promesses érotiques le troublèrent mais il n'oubliait pas le petit homme avec qui il devait déjeuner le lendemain. Mieux valait que Floa dorme tard le lendemain matin.

— Tu as raison, dit-il, nous devons patienter.

— Je ne sais pas si je pourrai tenir... Tu es sûr que tu n'as aucun prétexte valable, toi qui as tant d'imagination ?

— Non, dit-il fermement, aucun.

Fâchée, elle refusa de danser avec lui par la suite et s'afficha assez impudiquement avec la plupart des hommes de la soirée tandis qu'il buvait un autre verre au buffet en compagnie d'un groupe discutant de la chasse aux loups.

C'est alors qu'il aperçut le lieutenant Skoll, celui de la Sécurité de Grand Star Station, qui se trouvait à l'autre bout du salon et regardait précisément dans sa direction. Il en fut terriblement affecté et but son verre d'un trait, le fit remplir à nouveau. Il lui fallait vérifier qu'il ne s'était pas trompé, que c'était bien l'Asiate qui figurait parmi les invités. Mais il eut beau parcourir les pièces de réception, visiter les cuisines et les coins-toilette, il ne le retrouva pas.

Pourquoi ce lieutenant avait-il été invité dans cette réception ? Que faisait-il à River Station ? Est-ce que son futur beau-père était seulement au courant de sa venue dans sa capitale de Province ?

Il fallut la frénésie de Floa pour lui faire oublier cet homme. Dans le loco-car elle se jeta sur lui et il dut lui demander d'être raisonnable, car elle désirait faire l'amour dans le véhicule sans se soucier du pilote.

Dès qu'il eut refermé la porte de leur appartement privé, elle lui arracha ses vêtements tout en se déshabillant elle-même. Elle tenait toujours ses promesses.

13

Vers onze heures et en prenant de grandes précautions, il réussit à se glisser hors de leur appartement. Il descendit aux cuisines boire du thé et se hâta de quitter le palais avant que Floa ne se réveille. Il emportait avec lui le livre de Greog Lukas qui faisait tant envie à Harl Mern. Il espérait que le savant pourrait le photocopier et le lui rendre rapidement car il ne l'avait pas terminé.

Mais une surprise désagréable l'attendait à l'hôtel Terminus. Le réceptionniste lui annonça que Mern avait dû prendre le train de sept heures du matin pour Grand Star Station où il avait été rappelé par un coup de fil.

— Il paraît que le zoo a des problèmes… Certains animaux seraient malades. On avait besoin de lui là-bas.

— Quand doit-il revenir ?

— Je l'ignore. Il n'a pas demandé qu'on lui conserve sa chambre.

Lien pénétra dans le premier bar venu pour boire un thé à la vodka et réfléchir à la situation. Toujours aussi naïf, il n'avait pas songé un seul instant que son long aparté avec Harl Mern ait pu avoir des témoins et surtout des conséquences aussi fâcheuses pour le savant. On n'osait pas s'attaquer à lui, futur gendre du gouverneur, mais on avait dû intimider Mern pour le forcer à quitter aussi vite River Station.

Et puis il se souvint avoir aperçu le visage énigmatique de ce lieutenant Skoll. Y avait-il une relation entre lui et le départ précipité du zoologue ? Avec regret, il songeait à ces indications précieuses sur les notes de Libizcn que le zoologue devait lui donner. Il était certain que la bibliothèque du palais recelait quelque part ces notes puisque tout ce qui avait été publié depuis le début de l'ère glaciaire se retrouvait sur les rayons du gouverneur. En fait cela ne représentait que quelques milliers d'ouvrages. Au début de l'ère glaciaire, les hommes avaient eu autre chose à faire, à survivre surtout, que de s'occuper de littérature ou de culture générale. Il n'y avait qu'une centaine d'années que l'impression d'ouvrages de toutes sortes avait atteint un niveau important, sans toutefois rattraper celui d'avant la glaciation. Il avait surtout fallu apprendre à fabriquer du papier qui ne nécessite pas de bois. Bien sûr, on avait découvert et on exploitait des forêts subglaciaires, mais elles servaient uniquement à fournir du combustible. Il pensa soudain à celle de Ots et se demanda pourquoi cette forêt lui

rappelait son ami Farell, sans réussir à établir un lien.

Il retourna au palais et s'enferma dans la bibliothèque pour continuer ses recherches et ses lectures. Il venait à peine d'y arriver qu'il reçut un coup de fil.

— C'est de l'extérieur, lui dit la standardiste du palais.

Il reconnut la voix de Harl Mern, cette voix poussive et rauque :

— Ne me demandez aucune explication. Mais pour ce que vous cherchez essayez l'Encyclopédie Nouvelle, au chapitre des religions. Ce sera un excellent fil conducteur mais vous devrez encore chercher… Je dois m'arrêter là.

Sans autre avertissement, il raccrocha, laissant Lien assez frustré.

— Mais à quelle heure t'es-tu levé ? demanda Floa qui apparaissait, les yeux cernés et le visage fatigué, à la porte... Décidément, tu vas finir par coucher ici.

— Je me suis réveillé avant toi, dit-il, et...

— Quelle soirée stupide ! Heureusement que le retour fut superbe ; un véritable feu d'artifice, hein, mon gros loup ?

Il détestait être appelé ainsi mais cette fois il songea au Loup Rouge qui hantait la mythologie des Hommes du Froid.

— Je remonte chez nous, dit Floa voyant qu'il louchait vers ses livres.

— A tout à l'heure.

Seul, il se précipita vers la collection d'encyclopédies. Tout un volume était consacré aux religions anciennes et actuelles. Il fut déçu au premier coup d'œil par le peu de lignes réservées aux Hommes du Froid, mais le contenu le fit changer d'opinion. On y citait Libizcn principalement et le Loup Rouge, déité commune aux tribus des nomades roux. Et puis il y eut un petit renvoi à un supplément de l'encyclopédie de l'édition revue et corrigée datant de trois ans.

Mais il ne figurait pas dans les rayons des encyclopédies et Lien pensa qu'il devrait étudier le catalogue pour le retrouver.

Le secrétaire responsable de la bibliothèque du palais n'y connaissait pas grand-chose. Il ne voulait pas éveiller sa suspicion. Le nom de Libizcn n'était pas très connu mais il préférait se méfier.

Au dîner, son beau-père lui parla du lieutenant Skoll qui devenait l'adjoint de la Sécurité pour la 17e Province.

— Je n'ai pu m'opposer à cette nomination, dit le gouverneur avec une colère contenue. Mais l'homme est dangereux. La Compagnie m'offense gravement en l'envoyant ici, mais je n'ai pas dit mon dernier mot. En attendant, méfiance. Cet officier doit être chargé de vous surveiller tout spécialement.

Pendant trois jours, Lien chercha comme un enragé ce supplément à l'encyclopédie. Il y avait des caisses de revues non encore ouvertes et il en profitait pour opérer un rangement, inscrivant les nouveaux titres au catalogue si bien que le responsable habituel, ravi, le remercia avec chaleur. Lui n'avait pas le temps de se mettre à jour.

— Je dois avoir trois ans de retard. Quand je suis arrivé ici, c'était une pagaille monstre et je n'avais qu'une demi-journée par semaine pour y remédier.

Le soir du troisième jour, Floa entra dans une colère noire :

— Je veux sortir, dit-elle, aller au spectacle ou ailleurs, mais ne pas rester dans ce palais.

Lien s'y résigna. Pourtant il ne lui restait que quelques caisses à vérifier et il était certain d'approcher du but. À moins que le supplément encyclopédique n'ait jamais été envoyé à River Station.

— D'accord, dit-il. Où allons-nous ?

— Il y a un cabaret qui vient d'arriver. Il parait que le spectacle n'est pas mal. Des filles nues, de la musique et des magiciens. C'est le Miki.

Yeuze ! La danseuse Yeuze que Farell avait connue à Grand Star Station, Ensuite le cabaret s'était rendu dans la forêt sous-glaciaire de Ots. Voilà pourquoi il faisait le rapprochement avec son ami mort.

C'était un spectacle plus sophistiqué qu'il ne pensait tout d'abord. Les filles nues ne faisaient pas que s'exhiber mais dansaient agréablement et chantaient. Il y avait aussi des parodies. Yeuze l'émut par l'évocation d'un très vieux film d'avant l'ère glaciaire. Elle apparaissait habillée étrangement avec une sorte de corset et des bas à résille, chantait d'une voix étrange. Malgré sa perruque blonde, il la reconnut aisément. Tout en parodiant une vamp de l'ancien temps, elle se dénudait en commençant par ôter ses longs gants noirs.

— Elle est excitante, murmura Floa que la vue d'une fille nue ne laissait pas indifférente.

Plus tard elle réapparut dans une sorte de mini-comédie chantée mais sans sa perruque.

— Invite-la à notre table, proposa Floa les yeux brillants et la bouche palpitante. Tu n'aimerais pas qu'elle nous tienne compagnie ?

— C'est surtout toi qui aimerais, remarqua-t-il mais sans ressentir de jalousie ; Floa lui avait déjà confié ses goûts épisodiques pour les filles.

Yeuze vint, vêtue de blanc, une longue robe sobre, comme celle d'une nonne d'autrefois mais ouverte de chaque côté. Une sorte de chasuble.

— Je suis heureuse que vous m'ayez invitée, dit-elle en fixant Lien dans les yeux.

— Hé ! souffla Floa époustouflée, vous vous connaissez.

— J'ai appris la disparition de Farell. Vous n'étiez pas avec lui ?

Gêné, il ne pouvait échapper à ce regard sombre. Cette femme était là et il se rendait compte qu'il avait souvent pensé à elle depuis leur rencontre. Fugitivement, sans jamais chercher à savoir ce qu'était ce sentiment de manque, cette mélancolie qui l'effleurait à n'importe quel moment. Il découvrait qu'il était amoureux de cette femme aperçue, nue durant quelques secondes, dans la coursive de son ancien convoi.

— Je suis le seul rescapé, dit-il.

— Vous avez connu Farell ? s'exclamait Floa.

Comme c'est drôle. Je comprends pourquoi il n'a pas refusé de venir ici ce soir.

Brusquement elle se distanciait d'eux, les regardait de haut comme pour les épier, les surprendre en flagrant délit de conspiration à son égard. Lien savait qu'elle pouvait être mesquine, vulgaire et excessivement cruelle.

— C'est toi qui as voulu l'inviter, fit-il remarquer.

Yeuze se tourna vers Floa et son regard lucide parut déshabiller la jolie blonde qui rougit. Lien fut surpris de la voir troublée.

— Vous êtes belle, dit Yeuze. Voulez-vous venir dans ma loge ? Je dois attendre le final.

Un compartiment étroit avec la couchette et une coiffeuse, un air confiné et le parfum secret de Yeuze, plus exactement l'odeur naturelle de sa peau, pas un extrait chimique.

— Parlez-moi de la mort de Farell, dit Yeuze.

— Non, s'écria Floa, il ne faut pas en parler, c'est de la vieille histoire. Ça ne sert à rien et c'est dangereux. Yeuze lui prit la main et la porta à ses lèvres. Floa frissonna et son regard se fit laiteux. Par l'immense emmanchure de la chasuble blanche elle apercevait le corps de Yeuze, ses seins merveilleux, énormes et fermes, maternels avec leur aréole brune très large.

Elle ne put s'empêcher de passer une langue rapide sur ses lèvres peintes.

— Oh ! après tout, faites ce que vous voulez. Yeuze alla s'asseoir sur la banquette à côté d'elle,

prit sa tête sur ses genoux et ses doigts coururent sur son visage. Lien frémit tant cette image diffusait de sensualité contenue. Elles se seraient dévorées devant lui de baisers impudiques qu'il n'aurait pas éprouvé une émotion plus grande.

Il raconta. Dans le détail et en essayant de ne rien omettre. Depuis le début à Grand Star Station jusqu'à son retour à River Station, après avoir rencontré le père Pierre.

Puis il se tut.

— On dit dans le nord, du côté des anciennes Terres Polaires, qu'une partie de la ville de F-Station a mystérieusement disparu.

— Je sais que les malheureux habitants se trouvent empilés dans le fond de cette crevasse.

Le gémissement de Floa s'éleva, mélange de plaisir et de crainte. Yeuze laissait ses doigts traîner sur sa nuque et le lobe de son oreille petite et nacrée.

— Vous avez renoncé à clamer la vérité, fit Yeuze sans la moindre trace de reproches.

— J'ai eu peur.

— Moi aussi, gémit Floa. Nous voulons vivre, jouir et oublier ces choses affreuses.

— Il se répète un peu partout que la Sécurité prendra un jour le pouvoir. On dit qu'elle rachète des actions en sous-main, que bien des petits porteurs ont des problèmes avec les lois et que pour ne plus être importunés, ils vendent. D'autres vendent pour ne pas partir à la guerre. Petit à petit, la Sécurité ramasse ces miettes, deux actions ici, quatre là-bas... Elle deviendra majoritaire et nous connaîtrons la pire des dictatures. On dit que les Néo-Catholiques la soutiennent. Eux aussi reçoivent des actions sous forme de dons. Par intimidation, ils menacent leurs fidèles des souffrances de l'enfer. Comme si l'enfer ce n'était pas l'ère glaciaire que nous sommes en train de vivre.

Floa lui prit sa main aux doigts longs et maigres et la baisa à petits coups. Puis elle la glissa dans l'échancrure de son corsage et poussa un soupir de soulagement.

Une sonnerie retentit et la voix reconnaissable d'un gnome qui jouait dans la revue retentit dans le couloir :

— Le final, le final... Dans deux minutes... Le final... Yeuze se leva lentement et s'approcha de la coiffeuse. Brusquement elle fut nue et Floa se jeta à

ses genoux, enfouit sa tête entre ses cuisses.

— Allons, dit Yeuze, il ne faut pas.

Elle aida la jeune fille à s'allonger sur la banquette puis termina ses préparatifs. Elle agrafa une grosse étoile rouge dans les boucles de son pubis et parsema son corps de paillettes argentées. Lien se leva pour en saupoudrer son dos et ses reins et Floa mordant ses lèvres au sang put deviner son érection.

— Dans un quart d'heure, dit-elle en sortant. Ils restèrent seuls et Lien crut lire de la haine dans le regard de Floa. Une passion brutale, irrésistible la brûlait et dans cette pulsion sexuelle elle aurait tué pour conserver Yeuze pour elle seule.

— Va-t'en, dit-elle. Il resta immobile.

— Va-t'en, répéta-t-elle d'une voix contractée. Quand je t'ai demandé de l'inviter, je ne savais pas ce que j'éprouverais en la voyant de près. Je pensais que nous pourrions passer une nuit à trois très perverse mais je veux rester seule avec elle. Je ne veux pas que tu me voies me blottir contre son corps et me faire aimer. Ce n'est pas seulement une amante mais une mère, tu comprends ?

— Je l'aime aussi, dit Lien.

— Je t'en supplie. Nous allons nous déchirer. Avec une autre nous aurions pu faire une orgie, mais pas avec elle.

Il se leva et sortit du compartiment, passa prendre son manteau de fourrure pour rentrer à pied au palais. Il avait besoin de sentir cet air aigrelet qui empestait l'ozone de l'électricité et le soufre des chaudières fonctionnant au charbon. Il serrait les poings dans sa poche et continuait à éprouver un désir douloureux.

Et puis au palais il songea brusquement à la bibliothèque et éprouva un soulagement intense. La porte refermée et une lampe discrète diffusant un halo apaisant, il continua ses recherches et découvrit le supplément à l'encyclopédie dans la deuxième caisse qu'il ouvrit. Le renvoi à Libizcn était important. Lien apprit que c'était grâce à cet historien et spécialiste dans les religions que l'on avait reconstitué l'histoire des principales religions et que, de ses travaux d'érudit, étaient issus en quelque sorte les nouveaux dogmes du Néo- Catholicisme. Cette nouvelle intrigua Lien mais il continua à chercher s'il était question du Loup Rouge et lut :

Pendant des années Libizcn s'efforça de passer plusieurs semaines au sein d'une tribu primitive des Hommes Roux, toujours différente, afin d'amasser une somme de connaissances infinies et d'enregistrements rares.

Au bout de quatre ans il put révéler que les Hommes Roux étaient en quelque sorte monothéistes, puisque le Loup Rouge était leur dieu unique au milieu d'une foule de divinités secondaires et sans grande importance, appartenant toutes à la famille du Loup Rouge. Ce dernier était le symbole du Bien et celui du Mal. Les Hommes Roux lui devaient leur origine, mais aussi leurs malheurs et leurs errances perpétuelles sur les glaces.

Plus tard Libizcn émit une théorie tellement curieuse et si controversée que nous ne pouvons décemment la reproduire dans cette encyclopédie. Les querelles se sont apaisées et nous ne voulons pas les réveiller. Disons qu'on pourra consulter si on le désire les notes qu'a laissées cet homme hors du commun qui termina sa vie dans la ville de Fionie où, disait-il, il était certain de retrouver, tôt ou tard, les preuves de son abracadabrante hypothèse.

Lien faillit hurler de déception. C'était tout. Pas un mot sur cette surprenante théorie. Il avait l'impression d'avoir été dupé par Harl Mern.

À nouveau il relut l'article et cette fois comprit qu'il y avait un indice important. Pourquoi Libizcn avait-il terminé ses jours dans la ville de Fionie pour y rechercher les preuves formelles de son hypothèse soi-disant grotesque sur l'origine des Hommes Roux ? Il resta quelques minutes immobile puis partit à la recherche d'un petit livre qui indiquait comment s'appelaient autrefois les villes d'aujourd'hui. Qu'était donc devenu Fionie ?

14

En se réveillant, il fut surpris de ne pas trouver Floa à ses côtés et le souvenir de la soirée lui revint. Tristement, il pensa qu'elle avait dû rester chez Yeuze pour la nuit. Il regarda dans la chambre voisine en se rendant à la salle de bains et vit qu'elle dormait. Elle avait dû rentrer tard, n'avait pas voulu le réveiller. Peut-être que cette rencontre avec Yeuze allait bouleverser leurs rapports.

Vers dix heures, il rôdait vers le cabaret Miki qui avait été royalement installé dans le cœur de la ville. D'ordinaire, les spectacles itinérants se voyaient relégués dans la banlieue de la gare.

Le gnome était en train de fumer, assis sur le marchepied d'une voiture.

— Yeuze ? Elle ne dort pas. Elle a dû aller faire des courses ou se rendre chez le coiffeur…

Sans grand espoir il suivit la direction indiquée et il l'aperçut qui venait vers lui. Elle souriait tendrement et l'embrassa sur la joue.

— Emmenez-moi boire un verre, dit-elle.

Il y avait un bar cossu en forme d'ancien patio espagnol. L'illusion était complète. Une chaleur de serre et un soleil factice donnaient envie de se mettre à l'ombre des tonnelles en écoutant un chanteur de flamenco.

— Vous avez remarqué, dit-elle, que depuis deux cent cinquante ans nous ne faisons que copier nos ancêtres ? Ici un bar espagnol, ailleurs une brasserie munichoise. Notre cabaret n'a rien créé d'original et en amour nous avons toujours les mêmes vices, les mêmes perversités. La preuve cette fille Floa. Elle voulait coucher avec moi et je n'ai pas voulu. Elle était très malheureuse.

Lien fut heureux de savoir qu'il ne s'était rien passé entre elles.

— Nous pourrions copuler avec les Hommes Roux mais c'est considéré comme ignoble.

Machinalement il leva la tête mais le dôme était caché par une toile à rayures.

— J'ai souvent pensé à vous, dit-il.

— Moi aussi. Mais parce que vous étiez l'ami de Farell. Ce soir-là il a su me convaincre et m'a ramenée dans son compartiment. Je ne couche pas à tort et à travers. Je suis une femme très difficile mais ce soir-là j'avais besoin d'un homme et Farell était charmant. Vous allez épouser cette fille ?

— Je ne sais pas.

— Vous avez surtout besoin de la protection du père, le gouverneur, n'est-ce pas ? Il sourit.

— Plus que jamais.

Le garçon leur apporta un vin doux et corsé à la fois qu'il appelait xérès. Ce n'était qu'un ersatz, bien sûr ; un de plus.

— Vous continuez vos recherches ?

— Cette nuit, dit-il, j'ai trouvé un fait surprenant.

— Vous êtes rentré chez vous pendant que je jouais le final. Que s'est-il passé ? Floa n'a pas voulu m'expliquer. Ou plutôt elle m'a dit que vous aviez fait un caprice.

— Elle m'a supplié de partir.

— Au début vous aviez fait le projet de faire une partie fine avec moi ?

Il inclina la tête et Yeuze ferma à demi les yeux.

Il eut l'impression qu'elle était blessée.

— Une danseuse de cabaret c'est un peu une prostituée, n'est-ce pas ? Vous me désiriez tous les deux… Je veux savoir si vous lui auriez demandé de partir. Pourquoi n'êtes-vous pas resté ?

— Je n'ai pas osé.

— Avez-vous voulu tester ma nymphomanie supposée ? J'ai couché avec votre meilleur ami, je pouvais coucher avec votre fiancée.

— Peut-être est-ce cela ? reconnut-il. Elle sourit avec moins d'amertume :

— Vous êtes rentré chez vous et avez découvert quelque chose d'étonnant.

— Oui. Mais c'est très difficile à expliquer.

Connaissez-vous Libizcn ?

— Non, dit-elle. Qui est-ce ?

Il lui expliqua qui était Libizcn, pourquoi il s'intéressait à lui. Comment cet homme avait édifié une hypothèse qui avait provoqué des mouvements violents à son époque.

— Il y a une cinquantaine d'années. Puis il est mort dans la ville de Fionie.

— C'est quoi cette ville ?

— Il n'y était pas venu au hasard mais pour continuer ses recherches sur le Loup Rouge des Hommes Roux. J'ai cherché à quoi correspondait cette ville qui a changé de nom depuis.

— Toutes les villes ont changé de noms. La Compagnie se les approprie toutes.

— Fionie est devenue F-Station et une partie de la ville a été envoyée dans cette crevasse avec ses habitants. En agissant ainsi la Sécurité et la Compagnie ont certainement voulu détruire à jamais la fameuse hypothèse de Libizcn.

Elle le regarda, à la fois émerveillée et soupçonneuse. Il soupira :

— Je n'invente rien, je ne suis pas fou, je n'arrange pas les faits pour soutenir ma propre théorie et alimenter mon esprit de vengeance ou de justice comme vous voudrez. Ce sont les faits.

— Une coïncidence ?

— Oui, une coïncidence, mais d'un genre inouï. Et quand une coïncidence est de cette importance, de cette valeur, elle perd tout caractère d'imprévu. Si F-Station était Fionie où a vécu Libizcn je ne sais combien d'années pour y rechercher une vérité primordiale, pour faire éclater sa bonne foi et son sens de la justice, j'en mettrais ma main au feu, c'est qu'au départ j'avais moi-même envie de prouver quelque chose. En voulant accuser la Compagnie de génocide, en souhaitant que la Sécurité soit flétrie, je faisais fausse route. Il fallait travailler dans l'ombre, par le biais. Les deux mille morts de la crevasse, je ne pense pas que ce chiffre soit exagéré, ne vont apparaître, hélas, c'est cruel et injuste, que comme un incident sur tout un siècle de tyrannie. Car au début la Compagnie n'était pas aussi puissante.

C'est la nécessité qui a fait que le chemin de fer a été le lien unique entre les survivants vivant tant bien que mal en communauté dans l'immensité du globe recouvert par les glaces. Peu à peu elle s'est étendue dans les moindres recoins, à tissé sa toile d'araignée, un réseau extrêmement dense et immense. Les voies s'ajoutaient aux voies si bien que parfois il y en a des centaines sur des kilomètres de distance. Mais ce n'était pas suffisant. Il fallait que les villes fixes deviennent mobiles pour être plus dépendantes énergétiquement. Que les hôpitaux soient roulants, comme les cabarets et les écoles. Grâce aux rails, véritables cordons nourriciers, la Compagnie fournissait le courant, les marchandises, la nourriture, la culture et la distraction. Et les gens sont devenus des voyageurs-citoyens, des sortes d'éternels touristes. Je sais qu'ils travaillent pour gagner leur vie, mais, désormais, leur maison, leur vie n'ont plus de racines profondes. Il suffit que la Compagnie le décide pour que le courant soit coupé et que le froid mortel fasse des milliers de morts. Et dans le meilleur cas c'est le déplacement vers l'inconnu, la déportation. Mais sans violence, sans verser le sang. D'un seul coup les villages, les villes ou les maisons isolés se mettent en route sans que les habitants sachent vers quel horizon nouveau ils se dirigent. L'uniformité du monde, la glace, empêchent de regretter son ancien stationnement.

— Et Libizcn, alors ?

— Il a découvert quelque chose de primordial au sujet des Hommes Roux. D'abord qu'ils avaient un dieu unique, le Loup Rouge, symbole du Bien et du Mal. Mais derrière ce dieu il y a autre chose et Libizcn l'a cherché jusqu'à sa mort à F-Station, ex-Fionie. Et il faut que je trouve à mon tour. Je descendrai à nouveau dans la crevasse et je chercherai. Tant que je le pourrai.

— C’est de la folie, murmura-t-elle, mais je la comprends. Elle lui prit la main et la serra :

— Comment ferez-vous ?

— Je l’ignore. J’ai besoin d’un sursis, vous comprenez ? Si je quitte Floa, le lieutenant Skoll me mettra la main dessus et ils me feront disparaitre à jamais.

— Je vous aiderai, dit-elle. Je ne sais pas comment mais je vous aiderai.

— Je vais continuer quelques recherches livresques à tout hasard et puis je retournerai là-bas. Il oubliait qu’il s’était enfui, bien décidé à oublier ces morts et leurs secrets quelques semaines auparavant, loin de la crevasse.

15

Le loco-car approchait du site de Bia lorsque Floa lança son appel sur les ondes. Sa voix paraissait déformée par la radio mais en réalité elle était pleine de rage.

— Lien, je te conseille de rentrer sans plus attendre, sinon je porte plainte pour le vol de mon véhicule. Je te donne jusqu'à ce soir pour revenir à River Station. Est-ce que Yeuze est avec toi ?

Le glaciologue coupa le son et se tourna vers la jeune femme brune :

— La Sécurité doit jubiler. C'est la faille dans mon bouclier de protection que le gouverneur Sadon m'a apporté.

Plus tard elle voulut l'accompagner jusqu'à la crevasse en revêtant une combinaison isotherme.

— Nous devrons nous méfier des loups, dit-il. Maintenant que les Hommes Roux sont partis, ils vont revenir dévorer les cadavres.

— Sais-tu que la Compagnie possède d'importants élevages de loups ? La race était en voie d'extinction et il fallait que le no man's land conserve son caractère sauvage et dangereux. Il faut empêcher les hommes d'avoir des idées d'existence libre en dehors des rails. Déjà les communautés de marginaux sont harcelées.

La Compagnie crée des légendes qui terrorisent la population…

Lien saisit le bras de la jeune femme. Ils suivaient la petite voie ferrée et soudain elle s'arrêtait net devant un champ de glace chaotique.

— Il n'y a plus de crevasse, dit-il.

Hébété, il continua d'avancer puis se jeta à quatre pattes pour gratter la glace. Mais c'était inutile. Les carcasses des trains, les cadavres se trouvaient sous des millions de tonnes de glace.

— Tout est là, Yeuze, tout est là.

Elle l'aida à se relever. Pendant une heure il essaya de trouver un effondrement, une issue qui permettrait de descendre à l'intérieur des glaces, mais en vain. Il n'était même pas certain que ce soit le bon endroit. Il retourna vers le loco-car comme un automate. Yeuze finit par lui parler :

— Ils ont voulu effacer les dernières traces de Libizcn mais y sont-ils parvenus ? Il existe toujours la ville de F-Station quelque part dans le nord. Essayons de la retrouver.

Lien l'écoutait avec un sourire indulgent. Elle voulait lui laisser un espoir, canaliser sa déception vers une impossibilité lointaine.

— On peut essayer, dit-il. Nous disposons de ce loco-car, de la boîte noire. Tant que Floa ne dépose pas de plainte, nous pourrons rouler vers le nord. Mais comment l'empêcher de déposer plainte ?

— Je sais, dit Yeuze très pâle. Tu n'as qu'à me laisser à Kross Station. De là je rejoindrai River Station et j'irai trouver Floa.

— Pas à ce prix, Yeuze, pas à ce prix.

— Ça n'a aucune importance. Aucune. Tu iras vers le nord, tu retrouveras F-Station, ancienne Fionie. Là-bas on se souviendra de Libizcn et de sa théorie.

Elle rebrancha la radio alors qu'il repartait en sens inverse vers Kross Station. La voix de Floa ne tarda pas à s'élever et lorsque Yeuze répondit, elle changea de ton, se fit douce et charmante.

— Je vous attends, dit-elle.

— Elle sera furieuse de te voir seule, dit Lien, et surtout que le loco-car soit entre mes mains.

— Non, elle oubliera vite.

Très impressionnée par leur marche rapide, elle découvrait le privilège de la priorité. Ils ne cessaient de couper les voies de nombreux convois, trains de voyageurs, de marchandises, mais aussi trains blindés, forteresses roulantes, flotte d'avisos et de patrouilleurs. Sans rupture dans le rythme agréable, ils arrivèrent à Kross Station. Il éprouva un véritable déchirement à la laisser sur le quai au milieu des éleveurs et des marchands de bestiaux qui ne lui avaient jamais paru aussi rustres. Mais déjà il passait le sas de sortie de la gare et fonçait vers le nord. Il lui faudrait renouveler sa provision de combustible, mais il n'avait pas voulu le faire à Kross Station où il avait été accusé à tort de trafic.

Le manuel des Instructions ferroviaires lui indiqua le prochain dépôt où il pourrait se ravitailler et il rentra en liaison radio avec ce centre, donna son indicatif. On lui répondit avec beaucoup de politesse que le centre se trouvait en rupture de stock et qu'il devrait s'approvisionner plus loin. Un convoi militaire avait vidé les soutes.

Tout de suite il ne s'inquiéta pas, réduisit sa vitesse pour atteindre le prochain dépôt qui lui fit une réponse similaire et cette fois il comprit que la Sécurité intervenait pour empêcher sa course vers F-Station.

— Je suis prioritaire, protesta-t-il.

— Désolé, fit une voix grossière, mais vous seriez le gouverneur de cette Province ou le général en chef que je ne pourrais pas vous fournir du carburant liquide.

En hâte il chercha la ville la plus importante à proximité. Il s'agissait de Ots Station, une ville dans la forêt sous-glaciaire.

La voie plongeait dans un tunnel de glace qui ne cessait de s'évaser et bientôt ce fut un spectacle saisissant. La voie sur laquelle il roulait passait entre des arbres énormes, fossilisés par la glace dans toute leur splendeur. Certains avec encore leur feuillage comme les sapins et des pins, des mélèzes, des chênes aussi et des bouleaux. À perte de vue les troncs s'alignaient. La lumière de son phare faisait scintiller les voûtes de glace sur des kilomètres. Des convois de bois circulaient en sens contraire, interminables.

Il était déjà venu dans Ots Station et n'avait pas oublié cette gare consacrée uniquement au commerce du bois et qui conservait un caractère un peu spécial. Les voies de stationnement étaient encombrées de saloons, de cabarets et de boutiques genre drugstore. Les bûcherons recevaient de gros salaires et dépensaient sans compter. Des centaines de filles habitaient des wagons allant du super- pullman au vieux wagon de marchandises délabré et plein de courants d'air. Ots était aussi la seule ville de la région ne possédant pas de dôme et l'air confiné entre le sol ancien et le plafond de glace atteignait une température supportable.

Mais au dépôt principal de carburant on refusa de le servir malgré sa carte de priorité.

— Impossible, lui dit le chef de centre. Nous venons de recevoir l'ordre de réserver nos stocks. Il doit y avoir une grande offensive sur le front et l'armée a besoin de combustibles.

Il jugea inutile d'insister et commença la tournée des bars, des bouges plutôt. Il proposait une forte somme pour l'achat de combustible, plus des bons d'achat. Bientôt il eut quelques succès. Deux hommes à l'allure inquiétante se proposèrent pour lui fournir ce qu'il désirait.

— Vous n'avez qu'à vous rendre quai 85… On vous y rejoint, dit l'un d'eux.

Un jeune garçon qui jouait avec les machines à sous dans ce bar suspect lui fit un clin d'œil.

— Très bien, je vous y attends, dit Lien. Il marcha lentement vers son loco-car et fut rejoint par le jeune garçon :

— Ne marchez pas dans la combine. Ce sont des truands. Ils vous tueront, faucheront votre loco et votre fric…

— Il me faut du carburant, dit Lien. À n'importe quel prix.

— Mais vous ne circulez pas en traction électrique ?

— Je me suis débrouillé pour avoir une boîte noire, expliqua Lien. Si je roule en traction électrique, je dois y renoncer provisoirement et j'ai de bonnes raisons de redouter des ennuis.

— Allons chez Gaha. Quai 19.

Il monta avec lui, siffla de surprise en découvrant l'aménagement du loco-car. Il n'en avait pas souvent vu de cette catégorie.

— Vous pourrez m'emmener avec vous ? Il y a des semaines que je veux filer d'ici... Je suis requis pour couper des arbres... À cause de ma vue je suis exempté du front. Mais je veux rejoindre des copains qui vivent dans une communauté. Autonomes grâce au fumier des rennes qu'ils élèvent. Le bio-méthane, vous connaissez ? Ça marche bien pour eux malgré les soldats.

— Entendu, dit Lien, si tu me fais obtenir du carburant.

Gaha était une femme énorme qui s'occupait de trafics multiples. Elle exigea deux bons et de l'argent pour remplir le réservoir du loco. Enfin ils purent quitter Ots Station. Lien régla sa vitesse sur le meilleur rapport d'économie sans trop perdre de temps. Son compagnon ne cessait de bavarder et lui apprit que des gens vivaient cachés dans l'immense forêt de Ots. Des réfractaires à l'armée et des droits communs.

— Parfois ça fait des bagarres. Ils envahissent la ville pour la piller et il y a des nuits sanglantes, je vous le jure.

Vint l'immense gare de triage de Baltic Station. C'était là que le garçon qui se nommait Farm le quitta. Il lui donna un peu d'argent.

— Je vais essayer de savoir sur quelle ligne a été dirigée la ville de F-Station, expliqua-t-il alors qu'ils se serraient la main. Si tu apprends quelque chose...

— J'ai entendu parler. On dit qu'ils l'ont envoyée sur le front pour y creuser des abris souterrains.

Lien perdit plus de deux heures avant de trouver un cheminot qui consente à lui donner quelques indications.

— On ne l'a pas laissé entrer dans Baltic Station, expliqua-t-il. Toutes les voies auraient été paralysées. On l'a scindée en plusieurs convois déjà importants puisque le plus petit occupait vingt voies et je pense que c'est sur le réseau polaire. On a retrouvé des traces de passage, vous comprenez ? Les égouts et tout le reste.

— Merci, dit Lien en essayant de lui donner de l'argent, mais l'autre refusa sèchement :

— Je suis contre ces déportations de populations. Vous avez quelqu'un dans cette ville, je suppose ? Lien inclina la tête sans se compromettre.

— Alors faites attention car le réseau polaire est drôlement surveillé. Ceux d'en face l'ont un jour court-circuité et pendant huit jours tous les convois ont été paralysés.

— Il se rapproche du front, plus loin ?

— Oh ! Il s'y trouve vraiment. Vous risquez de sauter sur une mine ou de recevoir un missile. Il y a un train de voyageurs qui a été pulvérisé cette nuit encore.

À quelques kilomètres de Baltic Station, il découvrit des traces de la guerre et bientôt roula dans un monde terrifiant. Son véhicule qui ne lui avait jamais paru aussi minuscule naviguait entre des monstres de métal hérissés de canons et de lance-missiles. Il aperçut une sorte de croiseur de rail, monstrueux. Long de près d'un kilomètre, ses superstructures atteignaient au moins deux cents mètres. Il roulait sur une cinquantaine de voies se déplaçant parallèlement au front pour arroser les positions ennemies de toute sa puissance de feu. Le grondement de ses machines et les vibrations qu'il provoquait transformaient la région en un enfer de bruits et d'instabilité. De sa cabine de pilotage, Lien voyait les rails onduler sur la glace. Mais pour l'instant il obtenait toujours la priorité de passage grâce à sa boîte noire. Exactement la même que celles qui équipaient les loco-command-cars des généraux et des hauts gradés.

Il y avait aussi les trains hôpitaux qui s'éloignaient de la zone des combats, interminables et dépourvus de priorité. Il remarqua leur vétusté et aussi l'existence de fours crématoires à l'arrière. Certains en traînaient d'énormes qui ne cessaient de laisser échapper une fumée noire et grasse.

Soudain il se trouva dans la situation paradoxale de rouler sur une voie prioritaire en compagnie d'autres possesseurs de boîtes noires. L'encombrement était tel que sa vitesse tomba de façon ridicule. On aurait pu le suivre à pied. Et ce fut l'arrêt total, le bouchon hermétique. Il vit des généraux et des colonels véhéments qui étaient sur le point de se battre, des pilotes qui couraient aux nouvelles. Et puis le convoi agglutiné roula à nouveau, fut dispersé par plusieurs aiguillages. Lien avait programmé sa boîte noire sur le réseau polaire mais cherchait l'occasion de se renseigner sur la position exacte de F-Station.

Il y eut un premier contrôle de la Sécurité militaire. Les véhicules isolés étaient détournés sur une série de voies de garage pour vérification des identités. Grâce à la boîte noire, il y échappa mais ne fut pas certain de pouvoir éviter les autres.

Affamé et fatigué, il s'arrêta en pleine nuit dans une petite ville nommée Méridien Station. Il trouva un restaurant ouvert, envahi par des permissionnaires du front et des prostituées. Il apprit que Méridien Station avait été créée de toutes pièces pour le repos du militaire. Il posait des questions prudentes sur F-Station et sur les possibilités de se procurer du combustible. Un gros sergent des transmissions lui proposa de lui en vendre quelques nourrices et il l'accompagna au dépôt qu'il dirigeait. Le sous- officier empila les bidons sur une draisine et ils allèrent les vider dans le loco-car de Floa.

— Vous allez à F-Station ? fit le sergent soupçonneux. Personne ne va jamais là-bas.

— Mission secrète, répliqua Lien sèchement. Je dispose d'ailleurs d'une boîte noire.

— Compris, fit l'homme impressionné. Mais vous risquez gros. F-Station serait coincé sur une ligne coupée à chaque bout et sous le feu des uns et des autres.

— Quelle ligne ? Cette ville a besoin de dizaines de voies.

— On l'a divisée en quelques convois d'une longueur incroyable pour leur faire prendre l'ancien réseau du cercle.

Lien joua la compréhension mais une fois seul consulta son manuel. Le réseau du cercle empruntait fidèlement l'ancien tracé imaginaire du cercle polaire arctique. Et ce tracé se dirigeait tout droit vers le front.

Pour l'emprunter, il devait atteindre le centre de triage de Kola Station.

Il approchait de cette ville, cerné de toutes parts par des convois aussi prioritaires que lui lorsqu'il fut détourné sur une voie secondaire. Tout d'abord il ne s'en rendit pas compte, pensa même avec quelque suffisance que sa boîte noire le sortait de ce guêpier pour le faire bénéficier de la priorité à laquelle il avait droit. Mais le loco-car fut dès cet instant téléguidé et échappa à son contrôle. Il ralentit et s'immobilisa à un poste de contrôle.

Trois gardes de la Sécurité montèrent à bord pour vérifier son identité.

— J'effectue une mission pour la Compagnie, expliqua-t-il en désespoir de cause.

— Votre boîte noire n'a pas été alimentée par le schéma de cette mission, lui fit remarquer avec politesse le sous-officier de la patrouille.

— Il n'y a pas de schéma directeur, je dois aller prendre mes instructions à Kola Station.

— Très bien, dit le sous-officier. Nous allons vous y accompagner.

Il fut pris en remorque par leur patrouilleur et Lien détesta que le canon mitrailleur de l'engin reste constamment pointé sur lui durant la demi-heure que dura le trajet.

Toujours escorté de ses gardiens, il se dirigea vers les bureaux de la Sécurité de Kola Station. Il essayait d'imaginer un plan pour s'en tirer. Au moins leur fausser compagnie, quitte à abandonner le loco-car. Il se débrouillerait pour rejoindre F-Station.

— Conduisez-le au bureau 7, dit le planton à l'entrée. Il y est attendu.

Il commença à comprendre qu'il ne lui restait que de faibles chances de s'en tirer. S'il était attendu, cela signifiait que la Sécurité avait décidé d'interrompre là son odyssée. Ici à Kola Station, en plein territoire militaire.

— Je savais bien que je vous reverrais, dit le lieutenant Skoll lorsqu'il pénétra dans son bureau.

16

Skoll renvoya les hommes de la Sécurité et désigna un siège à Lien stupéfait.

— Comment avez-vous fait pour me précéder ici ? demanda-t-il avec une vive curiosité.

— J'y suis venu directement.

— Mais vous ne pouviez prévoir que je pourrais arriver à Kola Station. Tout au long du chemin on a essayé de m'empêcher de poursuivre mon voyage en me refusant du combustible.

— J'avais donné des ordres en conséquence, dit Skoll, mais je savais que vous vous débrouilleriez.

Lien fronça les sourcils. Il ne comprenait plus. Le lieutenant avait l'air de sous-entendre qu'ils devaient obligatoirement se rencontrer à Kola Station.

— Depuis quelque temps vous vous démenez beaucoup, Lien Rag, et vos activités m'intéressent. Vous vous rendez à F-Station, n'est-ce pas ? Et vous pensiez y parvenir ?

— Pourquoi pas ? le défia Lien. Je ne désespère pas encore.

— Vous avez raison, murmura Skoll, et je vais vous y aider.

Il sortit des cigares rouges, en alluma un après que Lien ait refusé encore sous le coup d'un effarement méfiant.

— Vous gênez la Compagnie et la Sécurité.

Depuis que le hasard vous a envoyé sur le site de Bialystok. Parce qu'elle savait qu'il se tramait quelque chose au sujet de F-Station, la fille du gouverneur vous a soutenu. Elle était partie en guerre contre la Sécurité un peu maladroitement, en espérant l'obliger à refréner ses ambitions de pouvoir si elle prouvait qu'il y avait eu génocide. Elle a pris peur par la suite et a préféré revenir s'abriter sous l'aile paternelle. Vous avez paru en faire autant mais vous ne désarmiez pas et vous avez cherché ailleurs avec un sens aigu de la direction à prendre. Vous avez une lucidité extraordinaire pour avoir orienté vos efforts vers les Hommes Roux.

Lien, toujours sur le qui-vive, attendait la suite. Le lieutenant n'avait pas à faire son instruction. Normalement il aurait dû l'arrêter et le faire transférer. Et il parlait de l'aider à rejoindre F-Station ? Inquiétant !

— J'ai interrogé Harl Mern. C'est moi qui l'ai fait partir de River Station ensuite. Je sais ce que vous cherchez et ça m'intéresse. Moi aussi j'ai lu Greog Lukas, Tiaras Libizcn et Dacan. Mais surtout Libizcn. Ce dernier a terminé ses jours à Fionie, devenue F-Station depuis que la Compagnie détient tout le pouvoir. Mais F-Station avait conservé le souvenir de Libizcn. Il avait fait don de ses manuscrits à la bibliothèque de la ville. Maintenant elle se trouve dans la crevasse du site de Bia. Mais Libizcn a laissé d'autres souvenirs à F-Station et je possède d'autres informations. Nous allons partir ensemble.

— Je refuse de collaborer avec un homme de la Sécurité, fit Lien avec hauteur.

Skoll hocha la tête et se leva. Il fit le tour de la pièce en scrutant les parois, le plafond, le plancher.

— Venez, dit-il.

Interloqué, Lien le vit se diriger vers la porte. Il le suivit, sortit de la Sécurité et se retrouva dans son loco-car. Le patrouilleur de la garde avait disparu.

— Là-bas c'était trop dangereux, dit Skoll en passant à l'arrière du véhicule.

Une fois là il défit sa veste boutonnée et souleva un fin lainage qu'il portait à même la peau. Effaré, Lien vit la toison fauve qui ornait son poitrail et paraissait recouvrir tout son corps.

— Lorsque je passe une visite médicale, je dois m'enduire de crème épilatoire bien avant. Et à tout moment je suis sur le point d'être découvert.

Bien qu'il fût pris d'un fol espoir, Lien refusait de se laisser convaincre.

— Ma mère avait connu un Homme Roux. C'était une lakoute inculte et vivant depuis toujours dans des conditions très dures. Les siens étaient depuis longtemps habitués au grand froid et continuent de vivre comme leurs ancêtres. Elle a un jour suivi une tribu d'Hommes Roux, m'a mis au monde. Plus tard elle est revenue vivre dans une ville sous dôme comme domestique et a réussi à me faire passer pour un enfant normal. Ce n'est qu'adolescent que j'ai vu ma toison pousser abondamment. Sauf sur le visage et les extrémités. Un hasard. J'ai toujours su que mon père était l'un de ces êtres primitifs et quand je lève les yeux vers le dôme des villes, croyez que ce que j'éprouve, en voyant les miens racler la glace, m'emplit de tristesse et de colère. Voilà pourquoi je recherche mes origines.

— Vous avez une très mauvaise réputation, lieutenant.

— Je déteste les hommes qui se disent civilisés et ma férocité n'est qu'une application stricte du règlement. Attendez-moi ici.

Lien le regarda s'éloigner parmi la foule des quais en se demandant s'il ne rêvait pas. Il y avait peut- être un piège là-dessous. Le lieutenant Skoll lui avait menti pour mieux découvrir ce qu'il savait sur Libizcn et les Hommes Roux.

Il attendit deux heures puis le vit revenir. Skoll levait parfois la tête vers le dôme de Kola Station. Si vraiment il était un métis d'Homme du Froid, Lien comprenait son désir d'éclaircir les mystères de ses origines.

— Nous partons, dit-il.

Tranquillement il glissa une carte codée dans la boîte noire.

— F-Station est coupée du réseau depuis une semaine mais nous la rejoindrons quand même.

Lien vit son premier obus éclater à une centaine de mètres de leur voie et crut durant quelques secondes qu'il n'avait jamais quitté le front. Et puis ce fut l'enfer. Skoll ne paraissait pas remarquer le spectacle extérieur. Sur une voie à cinquante mètres, un convoi de combustible explosa brusquement. Lien se retourna et vit les citernes entassées, les hommes-torches qui s'enfuyaient ou se roulaient dans la glace, cette dernière qui fondait avec des reflets huileux.

Plus loin des grues gigantesques, fabuleux oiseaux-roc, débarrassaient les voies des carcasses d'un train blindé. Des flottes de destroyers rapides se déplaçaient à une vitesse folle. Les traits de feu des missiles trouaient l'horizon où se déroulaient les franges d'une aurore boréale. Mais la lumière ne venait pas du soleil, mais des projecteurs et des bouches à feu.

— Trois jours que la bataille est engagée pour un nœud vital... Il y a des sortes de marécages dans ce coin. Des sources d'eau chaude viennent jusqu'à la surface et réchauffent la banquise. Il faut sans cesse consolider les voies. Certaines sont posées sur des pontons. Mais c'est l'endroit le plus aisé pour passer, ailleurs c'est des falaises énormes, des chaos.

Des machines poseuses de rails travaillaient à une cadence infernale. Il n'y avait même pas besoin d'ouvriers. Le chemin de fer s'ancrait dans la banquise grâce à des sortes de grappins qui se présentaient sous forme de longue fusée. Celle- ci s'enfonçait de dix mètres s'il le fallait et la tête explosait pour le déploiement du grappin. Tout de suite après, un cuirassier de dix mille tonnes pouvait rouler dessus.

Et soudain devant eux, à moins de cent mètres, les rails se soulevèrent sous l'impact d'un missile, se tordirent dans les airs comme des tentacules de pieuvre et restèrent ainsi, formant un grand huit dérisoire, un scenic-railway de cauchemar.

Le lieutenant Skoll manipula les touches de la boîte noire qui rendit son verdict. Il fallait reculer de deux cents mètres pour emprunter un aiguillage.

— Nous sommes bloqués, dit Lien l'œil sur l'écran du rétroviseur électronique.

— Ils vont dégager.

La priorité du véhicule dut s'afficher sur les radars des véhicules suiveurs car rapidement ils reculèrent jusqu'à ce que le loco-car atteigne l'aiguillage.

— Mais c'est à contresens, hurla Lien.

— Je sais, aucune importance.

Roulant à toute vitesse en marche arrière, ils frôlèrent la catastrophe, mais la boîte noire fonctionnait à merveille et fermait les voies en amont lorsqu'ils approchaient et, bientôt, à la suite d'une manœuvre subtile, le lieutenant put reprendre la voie normale toujours dans la direction de F-Station. Mais le bombardement ennemi continuait. Un croiseur léger était complètement renversé sur le côté et brûlait. La glace fondait en dessous et bientôt il s'enfoncerait jusqu'aux abîmes.

— Il possède un réacteur atomique, expliqua Skoll. Il pourrait aller jusqu'au centre de la terre.

— Mais les radiations… L'endroit va devenir intenable ?

— La Compagnie s'en moque. Il faut qu'elle continue sa progression vers l'est. Lorsqu'elle aura vaincu la Sibérienne, elle s'attaquera à la Panaméricaine. Mais ce sera une guerre encore plus dure.

Un croiseur lourd les dépassa sur les quinze voies voisines, tirant de toutes ses bouches. À chaque seconde c'étaient cent obus et missiles qui sortaient de ses canons et lanceurs. Le spectacle était d'une beauté diabolique. Le bâtiment se parait de couleurs superbes, des rouges et des verts, des violets et des jaunes, s'enveloppait de vapeurs irisées sur le fond gris du monde glacé.

Plus loin des corps recouvraient les voies et Skoll commença par freiner puis relança le loco.

— Non, dit Lien, pas à ce prix. Il y a des blessés.

— Ils sont condamnés par le froid. Le train-hôpital n'arrivera que dans quelques heures.

Un train blindé avait dû sauter sur une mine et s'était partagé en deux. L'explosion avait projeté les soldats tout autour. Des centaines de soldats. La plupart dénudés par le souffle et déjà violacés par la basse température.

Ils passèrent. Lentement mais ils passèrent. Lien aperçut des files d'hommes qui marchaient le long des voies comme s'ils battaient en retraite et Skoll ne cacha pas ses craintes.

— La ligne doit être interrompue. Ils ne rentreraient pas à pied sinon.

Ce fut quinze kilomètres plus loin qu'ils aperçurent le plus terrible entassement de ferraille qu'ils aient jamais contemplé. Des centaines de voitures ordinaires mais aussi des bâtiments de combat, des trains blindés, des forteresses.

Le loco ne cessait d'aller et venir en zigzag. En dents de scie. Skoll tentait de s'éloigner latéralement au lieu d'essayer de passer et, miracle, il existait une voie, une seule qui se glissait entre deux monstres de métal. Un lance-missiles foudroyé sur place et un train blindé dont la motrice double avait explosé. Ils passèrent au pas, les flancs du loco éraflés par les griffes du métal tordu et à coups de laser ils effacèrent les aspérités trop menaçantes.

Et puis ce fut l'explication. L'ennemi avait lancé sur les attaquants des bâtiments tout aussi fantastiques de puissance. Le choc avait dû être fabuleux. Combien d'hommes gisaient prisonniers de ces tombeaux de fer et d'acier ?

— Nous sommes en territoire ennemi. Il s'est retiré mais nous pouvons tomber sur un aviso ou un patrouilleur. F-Station se trouve sur notre gauche et nous approchons de l'embranchement. Nous aurons de la chance si les aiguillages fonctionnent encore.

Ils en essayèrent une bonne douzaine mais tous paraissaient bloqués.

— J'y vais, dit Lien qui avait enfilé sa combinaison.

À l'aide d'une barre à mine il essayait d'en dégager un lorsque Skoll le rejoignit.

Il ne portait pas de combinaison isotherme et ne souffrait nullement du froid.

— Laissez-moi faire.

Avec une force incroyable, il pesa sur l'aiguille et celle-ci claqua soudain avec une projection de débris de glace.

— Maintenant, dit Lien, je crois que vous descendez des Hommes Roux. Je me méfiais jusqu'à présent.

Ils roulèrent encore trente kilomètres puis ce fut une toute petite station sans dôme, juste quelques wagons isothermes disposés en bordure de la ligne.

— Plus loin la voie est coupée. Irrémédiablement. Nous devons effectuer cinq kilomètres à pied. Y êtes-vous préparé ?

— Quoi, il n'y a que cinq kilomètres jusqu'à F-Station ?

— Non. Jusqu'au prochain moyen de transport.

Skoll dut marcher plus lentement car Lien avait du mal à suivre. Ils empruntèrent les voies jusqu'à ce que celles-ci ne soient plus que des débris métalliques enfouis dans la glace transparente. Et puis ce fut une fumée qui intrigua Lien. Un homme de petite taille, vêtu de fourrures mais le visage seulement protégé par une couche de graisse animale apparut. Et Skoll lui parla dans une langue inconnue.

Le Iakoute leur fit signe de le suivre et ils atteignirent un village de grosses tentes en peaux de rennes. Lien remarqua les traîneaux, les chiens attachés, à l'apparence féroce. Comme des loups à peine apprivoisés.

Skoll sortait de l'argent de ses poches, se tournait vers Lien.

— Avez-vous des dollars ?

— Oui, mais je dois ouvrir ma combinaison.

On le fit entrer sous une tente et il vit des femmes et des enfants assis autour d'un poêle antique à l'odeur épouvantable.

— De l'huile de phoque. Nous sommes ici sur une banquise. Avec le poids des glaces, l'océan a monté et la couche n'atteint ici qu'une épaisseur assez faible, à peine un mètre de plus qu'avant le début de l'ère glaciaire.

Ce fut avec un traîneau à chiens qu'ils quittèrent le campement de ces nomades. Ceux-ci leur avaient dit qu'il y avait également des Hommes Roux installés sur la banquise pour pêcher et qu'ils entretenaient des relations de bon voisinage avec eux.

Ils durent s'arrêter pour dormir et malgré sa combinaison Lien ne se sentit pas très à l'aise. Les chiens hurlèrent une partie de la nuit et entretinrent un climat d'insécurité.

Le lendemain vers midi ils apercevaient les contours de F-Station. Skoll changea alors de tenue et le fit en plein air tandis que cette vue faisait grelotter Lien. Les rails, des dizaines de voies réapparaissaient après une longue interruption. Il y avait eu une bataille terrible pour la possession de ce réseau mais les traces avaient disparu à cause du mouvement des glaces. Des centaines de morts étaient à jamais ensevelis sous la banquise et attiraient la faune sous- marine qui vivait dans ces régions.

La Sécurité était maîtresse de la cité. La compagnie avait installé une centrale thermique pour chauffer les habitations mais elle était nettement insuffisante et dans les rues non protégées par un dôme soufflait un blizzard glacé.

Le poste de garde examina les papiers de Skoll avant de les laisser poursuivre. Skoll leur confia les chiens.

— La topographie de la ville a changé, leur expliqua le sergent qui commandait le poste. La ville formait un carré de un kilomètre cinq cents de côté autrefois mais, désormais, elle doit mesurer quatre kilomètres, avec des largeurs variables selon le nombre de voies qu'elle occupe.

Ils marchèrent jusqu'au soir. Skoll pénétrait parfois dans une maison sur rails, posait des questions qui souvent restaient sans réponses. Peu à peu cependant ils découvraient la vie de cette cité déportée. Les gens travaillaient pour l'armée. Ils fabriquaient des uniformes. Dans certaines maisons on taillait les lourds tissus isothermes, dans d'autres on les cousait avant d'en souder les coutures pour les rendre hermétiques. On fabriquait aussi des pansements, des sous-vêtements, des sacs de couchage. Mais toute la production était réservée à l'armée de la Compagnie et portait son sigle, un globe terrestre entouré par deux rails formant la lettre grecque oméga.

Il y avait un hôtel, un caravansérail plutôt, misérable et lugubre où ils échouèrent vers neuf heures du soir. Il y régnait une atmosphère pesante que la présence des gradés de la Sécurité, attablés à boire de la bière et de la vodka, accroissait. On les surveilla étroitement tandis qu'ils mangeaient une nourriture rare et infecte sans oser trop se confier leurs impressions.

Lien dormit dans sa combinaison à cause du chauffage insuffisant, pensa à tous les habitants qui supportaient des conditions effroyables de vie.

Certes il y avait eu des troubles graves dans cette ville avant sa déportation, pas plus importants que dans d'autres cités cependant, mais la Sécurité avait pris ce prétexte pour l'envoyer dans le nord et surtout pour faire disparaître le quartier de la bibliothèque, des écoles et des imprimeurs.

— Cette ville travaillait beaucoup pour l'édition, expliqua Skoll dans le noir de leur cabine étroite. Lien couchait dans la couchette du dessus et écoutait.

— Libizcn avait laissé son empreinte culturelle.

C'était un révolté, un intellectuel passionné. Il a créé des comités de réflexions sur les problèmes du monde de l'ère glaciaire et ces comités ont subsisté. Mais on n'a jamais retrouvé ses notes.

— Mais sa théorie révolutionnaire vous la connaissez ? Cette hypothèse sur les Hommes Roux.

— Oui, je la connais. Lien frissonna et attendit.

— Vous ne dormiriez pas si je vous la disais. Et puis c'est très dangereux de la connaître. Il nous faut limiter les risques au maximum tant que nous n'aurons pas de preuves.

Toute la journée du lendemain ils suivirent une piste si ténue que Lien, hargneux, ne comprenait pas l'acharnement du lieutenant. Libizcn avait eu plusieurs amis sincères et Skoll avait entrepris de retrouver la trace de chacun d'eux, du moins de leur famille.

— Mais la plupart ont dû quitter la ville, voyons, protestait Lien.

Mais il suivait le lieutenant dans sa quête obstinée et bientôt ils accrochèrent une minuscule victoire. Un certain docteur Klan, ami du savant, avait un fils professeur de sciences. Mais la piste s'interrompit vite. Lon Klan gisait dans la crevasse de Bia avec ses collègues et les élèves de son collège. Il fallait tout reprendre de zéro.

À la nuit ils étaient chez une vieille dame sourde et méfiante, dont le père avait connu Libizcn comme voisin mais elle en parlait avec réticence. Lien alla acheter dans une boutique mal achalandée du quartier des friandises qu'il paya un prix fou. Mais dès lors la vieille dame fut plus bavarde en tartinant un miel synthétique sur du pain rassis.

— Mon père discutait souvent avec lui… Ils se disputaient au sujet d'un certain Oun Fouge.

— Oui, dit Skoll les yeux brillants et les lèvres retroussées sur ses dents de carnassier, c'est ça, Oun Fouge, qu'en savez-vous ?

— C'était un écrivain, non ? Mon père lisait beaucoup, des ouvrages scientifiques surtout.

— Vous avez encore des œuvres de Oun Fouge ?

— Je ne sais pas, je vais voir.

À nouveau pleine de suspicion, elle quitta la petite cellule où elle vivait pour se rendre au « grenier » mais ce devait être un compartiment de bagages dans un autre wagon.

— Qui est ce Oun Fouge, vous le connaissez ?

— Nous approchons, Lien, nous approchons. Ils attendirent des heures, sembla-t-il. Une méchante ampoule distillait au compte-gouttes une lumière de fin du monde. Dans le compartiment voisin une machine à coudre n'arrêtait pas tandis qu'un bébé pleurait. Ses sanglots ressemblaient à un râle de moribond.

Et puis la vieille dame revint avec un gros volume sur sa poitrine. Toujours méfiante.

— C'est un livre de mon père, dit-elle. Il a de la valeur pour moi. Beaucoup de valeur.

Une demi-heure plus tard ils s'en allaient. Sur le guéridon recouvert d'un tissu brodé, il y avait des billets froissés. Et Skoll emportait l'ouvrage.

Dans cette ville néo-médiévale, ils firent de grands détours prudents pour revenir à leur auberge.

— Désormais nous pouvons mourir, disparaître sans qu'on nous laisse la moindre alternative, dit Skoll. La Sécurité doit commencer à se poser des questions à mon sujet. Nous allons manger et nous coucher, mais il nous faudra partir cette nuit.

Lien fut soulagé qu'il n'y ait pas de gens de la Sécurité dans la grande salle commune de l'auberge, en fait tout un wagon sans cloison.

— Ne vous réjouissez pas, dit Skoll inquiet. Je connais les méthodes de la Sécurité. Il faut partir.

— Mais le traîneau est entre leurs mains.

— Partir vers le nord.

— C'est de la folie.

— Non... Une journée de marche pour rejoindre le réseau de Barentz. C'est par cette ligne que la Compagnie alimente sa concession en poissons et depuis le début de la guerre elle a toujours veillé à ce qu'il continue à fonctionner. Mais pour l'atteindre, il nous faudra traverser un territoire interdit.

— Radioactif ?

— Je l'ignore. Il est interdit. Je ne sais même pas s'il est surveillé par des hommes ou par des instruments. Mais si nous réussissons à le traverser, nous tomberons sur la petite station de Norv… Un centre d'élevage du hareng. L'odeur nous guidera à des kilomètres à la ronde et nous nous ferons passer pour des acheteurs de poissons.

— Mais ce livre, Skoll, ce livre…

— C'est lui le plus important. Je suis prêt à me sacrifier pour lui mais jurez-moi de le ramener dans des lieux moins barbares et d'en faire connaître le contenu.

17

Au petit matin, ils avaient dû parcourir une distance que Lien évaluait entre trente et quarante kilomètres. Ils s'arrêtaient régulièrement pour absorber un peu de nourriture, une sorte de pâte de fruit très sucrée dont Skoll s'était muni.

Lien apprit d'abord quelle était la théorie subversive de Libizcn. Spécialiste des religions anciennes et nouvelles, il avait été intrigué par ce Loup Rouge que l'on retrouvait comme constante chez les tribus des Hommes Roux. Mais parfois le nom s'altérait et n'avait plus que les mêmes consonances. Chez les Hommes Roux chassant les loups, c'était bien le Loup Rouge, mais chez ceux qui vivaient le long des voies à ramasser les déchets et les épaves, c'était le Feu Rouge, et enfin il existait quelques groupes isolés d'Hommes Roux pêcheurs qui priaient une Louche Rouge, poisson mythique ressemblant à un requin. Et Libizcn eut l'idée de penser que ces différents noms provenaient en fait de Oun Fouge, un généticien mort il y a une centaine d'années auparavant, mais Libizcn avait pu rencontrer des gens qui l'avaient connu, puisque l'historien était mort seulement depuis cinquante ans. Dans ses notes secrètes, il reconstituait la vie de ce généticien qui la passa à essayer d'améliorer la résistance de l'homme au froid.

— Vous voulez dire que Oun Fouge aurait créé une nouvelle race d'hommes ?

— Exactement. Tout est dans ce livre que nous emportons et que Libizcn recherchait en venant habiter Fionie, c'est-à-dire F-Station.

— J'en doute un peu. En fait il est possible qu'à la mort de Libizcn, le père de celle-ci ait pris le livre.

— Mais alors les Hommes Roux…

— La Compagnie a pris peur, très peur. Elle avait établi son expansion économique et sa prise du pouvoir politique sur la permanence des conditions climatiques et la nécessité pour l'homme de se protéger du froid. Elle développait ses réseaux ferroviaires avec frénésie, éliminant les autres concurrents et les autres moyens de survie, de transports. Par exemple l'avion de nos ancêtres ou les véhicules autonomes n'ayant pas besoin de rails. Et voilà que ce Oun Fouge venait compromettre son ascension irrésistible en créant une race d'hommes capables de lutter contre le froid. Fouge a été traqué, arrêté, jeté en prison, mais ses créations n'ont pu être anéanties. Et la Compagnie a dû abandonner toute idée de génocide. D'ailleurs les travaux de Fouge avaient des lacunes. Le développement intellectuel des Hommes Roux n'a pas été une réussite. Libizcn émet l'hypothèse qu'il leur manquerait une enzyme, je ne sais plus laquelle. Ne pouvant pas les faire tous disparaître, la Compagnie a patiemment distillé un racisme ignoble à leur encontre et il n'y a plus personne de nos jours pour envier leur sort. Aucun individu n'a jamais réfléchi à leur possibilité étonnante. Au contraire, on les considère comme des primitifs répugnants et impudiques, et les gens détournent leurs regards comme s'ils voyaient quelque chose de véritablement obscène. Mais il y a eu Libizcn et son hypothèse. On l'a fait passer pour fou et une nouvelle fois la Compagnie a gagné la partie.

Ils marchaient toujours et escaladaient une sorte de colline en pente douce. Lien s'essoufflait rapidement, pensait que son filtre de cagoule fonctionnait mal.

— Mais les Hommes Roux sont toujours là et sont la preuve vivante que l'on peut lutter contre le froid. J'en suis également la preuve, une sorte de compromis. Mon quotient intellectuel est d'une excellente moyenne et je n'ai jamais été considéré comme un crétin. Si la Compagnie connaissait mes origines, je serais perdu.

Plus tard il fit part à Lien de ses projets. Il ferait réimprimer le livre de Oun Fouge, le père et le dieu des Hommes Rouges, l'enverrait à des centaines de biologistes et de généticiens.

— Oun Fouge a joué les apprentis sorciers, il a voulu aller trop vite. Mais en s'entourant de toute la prudence nécessaire, on peut transformer l'homme enfermé dans ces villes protégées du froid pour l'amener à résister à de très basses températures.

— Ce serait la fin du monopole de la Compagnie, dit Lien. Elle ne l'acceptera jamais.

— Si des milliers de personnes sont mises au courant, dans des centaines d'endroits différents, elle ne pourra lutter contre le mouvement. Nous révélerons aussi l'affaire de F-Station, la liquidation du quartier intellectuel de la ville. Vous verrez que nous réussirons.

Mais Lien venait de s'immobiliser au sommet de la colline et paraissait statufié. De cette hauteur ils dominaient une plaine immense cernée par d'immenses falaises de glace. Une plaine couleur vert- de-gris avec des taches plus sombres, presque noires.

— Qu'est-ce que c'est ? murmura Lien bouleversé.

— De la végétation, fit la voix rauque de Skoll… De la simple végétation… Et je sens sur mon visage un air chaud, brûlant… Vous devriez ôter votre cagoule.

Méfiant, Lien attendit encore un peu mais soudain il comprit pourquoi depuis quelques instants son filtre donnait l'impression d'être déréglé.

— La température est largement au-dessus de zéro et ces falaises de glace continuent de fondre. Cette plaine doit s'élargir de plusieurs mètres par an.

Ils découvraient des fumerolles qui étaient presque transparentes.

— C'est une plaine d'activité volcanique, dit Skoll. Voilà pourquoi la région est interdite depuis si longtemps. La Compagnie redoute les autonomistes, les isolés. Des gens pourraient venir ici sans courir trop de risques et vivre dans des conditions excellentes. On peut toujours s'enfuir lorsqu'une éruption volcanique va se déclencher.

Mais ils durent marcher deux heures en haut des falaises de glace avant de découvrir une sorte de cône qui permettait la descente vers la plaine. Ce cône se terminait en goulet et il en montait une odeur atroce. Malgré la chaleur, Lien remit en hâte sa cagoule pour ne plus respirer cette pestilence. L'espèce de puits donnant accès à la plaine était rempli de cadavres d'animaux.

— Attention, dit Skoll en titubant. C'est du gaz carbonique… Fréquent dans les régions volcaniques… Il s'écroula et commença à glisser vers le fond de ce puits. Lien le rattrapa in extremis, l'arrima solidement le temps de lui fixer sa cagoule et le tira le plus loin possible. Le lieutenant reprit rapidement ses esprits :

— Merci... J'ai failli y rester. La Compagnie n'a pas besoin de surveiller le site. Le seul accès est mortel pour les êtres vivants qui ne se méfient pas.

— Nous ne pourrons jamais passer.

— Il le faudra. On doit se glisser entre les charognes. De l'autre côté il y aura de l'eau chaude pour nous laver. Nous avons la chance que nos filtres de cagoule arrêtent le gaz carbonique, profitons-en. Il leur fallut retirer quelques cadavres de loups à moitié décomposés par le souffle chaud qui montait du puits oblique. Ils les tiraient par les pattes arrière et plus ils progressaient plus la putréfaction soudait, entremêlait les cadavres. Les loups avaient dû se précipiter à la poursuite de rennes échappés d'un élevage car ces gros ruminants obstruaient le passage de leurs corps ballonnés. L'un d'eux éclata, les recouvrant d'une boue de chair liquide

et d'excréments.

Et puis ils perdirent leur calme, ne songèrent plus qu'à franchir au plus vite ce piège immense même si tout au fond ils devaient trouver une fange immonde.

Ce fut le premier cadavre d'Homme Roux qui faillit les décourager. Asphyxiés, ils avaient dû basculer les uns après les autres dans le puits, une vingtaine, une petite tribu. Des hommes, des femmes, des enfants. Les derniers dans l'espèce de siphon qui remontait vers la surface.

Comme vomis par la cavité ils surgirent à moitié fous et coururent vers une flaque d'eau tiède au pied des falaises, s'y roulèrent en haletant.

Ils traversèrent cette zone volcanique en évitant les chaudrons de sorcières et les mini-geysers.

— Des centaines de milliers de personnes pourraient vivre heureux dans cette région, dit Skoll. Lien songeait à la façon dont ils en sortiraient. Y aurait-il un nouveau siphon empli de gaz carbonique et de cadavres ? Comment en découvrir l'accès ?

Un animal détala soudain devant eux, une sorte de renne sauvage mais de petite taille.

— Certains animaux ont pu passer avant que le siphon ne se bouche. Ou alors il existe une autre issue.

— Et des hommes ?

— Je ne sais pas. C'est possible.

La nuit approchait et ils n'avaient rien trouvé. Juste les traces d'un troupeau d'animaux difficilement identifiables. Peut-être de petits chevaux descendant des chevaux des steppes.

— Je crois que nous devrons passer la nuit ici, dit Skoll en s'asseyant sur une bosse recouverte de lichens.

La seule végétation en fait, plus ou moins fournie. Il y avait des arbustes nains, et dans certains creux des touffes d'herbes qui ressemblaient à du blé de taille réduite. Peut-être des graines miraculeusement entraînées jusque-là.

Ils dormaient non loin d'une source chaude lorsque Lien se réveilla. Il s'éloigna pour uriner et aperçut la petite lumière. Tout d'abord il crut à une manifestation volcanique quelconque mais comme elle restait fixe il alla réveiller Skoll.

— Allons voir.

Lorsqu'ils approchèrent du point lumineux, des aboiements furieux éclatèrent. Puis il y eut des cris et Skoll saisit Lien à l'épaule :

— Des Iakoutes. Je crois que nous allons nous en tirer.

Une famille de Iakoutes qui, semblait-il, avait eu des ennuis avec la Sécurité et s'était réfugiée là depuis quelque temps. Ils expliquèrent qu'ils avaient traversé le lac de feu pour se réfugier là où ils espéraient élever des rennes.

À l'aube, deux hommes les conduisirent au bord du lac de feu. C'était le passage, le seul. Une eau bouillante de laquelle montait une vapeur suffocante. D'après les Iakoutes, il s'étendait sur plus d'un kilomètre entre deux falaises de glace qu'il rongeait peu à peu. Parfois de grands pans s'en détachaient et créaient des vagues énormes qui ravageaient tout.

Il y avait trois embarcations tirées sur le rivage. Sous ses pieds, Lien devinait un sol déjà brûlant et la perspective de s'embarquer dans ces barques faites en peau de renne lui paraissait de la folie. Depuis deux siècles et demi aucun homme n'avait pu naviguer sur une telle étendue d'eau froide ou chaude. Seuls les gens très riches pouvaient se donner cette illusion dans des établissements comme le club, que fréquentait Floa.

Il y eut un problème pour l'achat d'un bateau, les Iakoutes refusant l'argent qui ne leur servirait à rien dans cette solitude. À tout hasard, voyant que Skoll s'énervait, Lien sortit une liasse de sa poche et la vue de cet argent amadoua les Iakoutes. Un jour peut- être ils en auraient besoin.

Lorsqu'il se retrouva avec son compagnon au milieu des tourbillons de vapeur sur une eau qui approchait de l'ébullition, Lien fut pris de terreur. Jamais cette peau de renne ne tiendrait jusqu'au bout, ils allaient s'égarer sur ce lac et périr de façon atroce.

Mais Skoll ne s'égara pas. Ils atteignirent une banquise que l'eau chaude entaillait sans arrêt. Leur canot n'aurait jamais pu refaire un trajet similaire. Le cuir recuit était à moitié plein d'eau.

Dans l'après-midi ils aperçurent le dôme de Norv Station tandis qu'une forte odeur de hareng leur parvenait.

Trois jours plus tard le gnome qui faisait l'aboyeur devant l'entrée du cabaret Miki en tenue de bouffon de François Ier n'en crut pas ses narines. Une forte odeur de poisson lui parvenait et il regarda avec reproche un homme qui attendait à deux pas de lui.

— Dites donc, l'ami, c'est pas un zoo marin ici... Oh ! je vous connais, vous. Un ami de Yeuze ?

— Il faut que je la voie très vite.

Le nain regarda autour de lui avec inquiétude.

— Elle est surveillée, souffla-t-il. Je vais voir ce que je peux faire.

Sur ses conseils, Lien dut se glisser sous le plancher du cabaret et chercher une trappe qui donnait dans les coulisses. De là il pourrait rejoindre la loge-cabine de Yeuze.

Cette trappe lui donna accès au local des costumes. Dans un couloir il croisa plusieurs personnes que son odeur intrigua mais il poursuivit et finit par retrouver la cabine de Yeuze.

— Mon Dieu, fit-elle en le serrant dans ses bras et en s'écartant tout de suite avec un rire nerveux.

— Nous avons voyagé dans un wagon de poissons destiné à River Station.

— Il ne fallait pas revenir, dit Yeuze. Floa a négocié avec la Sécurité. La voilà un peu plus riche. Dix pour cent d'actions de la Compagnie en plus.

— En échange de ma peau ? Yeuze ferma les yeux.

— C'est elle la gagnante… Je crois qu'elle avait prévu que tu prendrais de la valeur aux yeux de la Sécurité et qu'elle pourrait faire une bonne affaire. Tu ne peux pas rester ici. Elle vient tous les soirs et je suis sous surveillance. Tu as retrouvé F-Station ?

Il inclina la tête.

— Que vas-tu faire ?

— Je pars pour Grand Star Station. Je ne suis pas seul. Là-bas nous allons retrouver des gens qui luttent clandestinement contre la Compagnie. Dès que je le pourrai, je te rejoindrai où que tu sois.

Yeuze sourit pour ne pas pleurer.

— Un jour tu recevras un livre stupéfiant, dit-il. Nous allons le faire réimprimer et l'envoyer partout dans la concession de la Compagnie. Il est d'un certain Oun Fouge.

— Bien, dit-elle la gorge serrée, je le lirai avec attention. Quel est son titre ?

— La Voie Oblique.

FIN

1980

Première édition de
La Compagnie des glaces T.1

C'est aussi :

En France :

– Marguerite Yourcenar est la première femme élue à l'Académie française ;

– Loi « *Sécurité et Liberté* » présentée par Alain Peyrefitte ;

– Bernard Kouchner crée *Médecins du monde* ;

– Coluche annonce sa candidature à l'élection présidentielle ;

– Attentat antisémite contre la synagogue de la rue Copernic ;

– Mort de Jean Paul Sartre ;

– Création d'*Arianespace*.

En littérature :

– Prix Nobel de littérature : Czeslaw Milosz (Pologne) ;

– Prix Nebula : *Timescape* de Gregory Benford ;

– *Désert* de J.M.G. Le Clézio ;

– *Le Choix de Sophie* de Willima Styron ;
– *L'Amour en plus* d'Élisabeth Badinter.

Au cinéma et à la TV :

– Palme d'or du Festival de Cannes : *Kagemusha, l'ombre du guerrier* d'A. Kurosawa ;
– *La Boum* de Claude Pinoteau ;
– *Shining* de Stanley Kubrick ;
– Y a-t-il un pilote dans l'avion *de Jim Abrahams ;*
– *Le Dernier Métro* de François Truffaut ;
– *Les Mercenaires* de l'espace de Jimmy T. Murakami ;
– *Fog* de John Carpenter ;
– *Au-delà du reel* de Ken Russell.

Le prix du Quai des Orfèvres est attribué à :
Dans le creux de la main de Denis Lacombe

Biographie :

« *Je ne fuis pas la réalité, je la précède.* »

Né en 1928, cet enfant des Corbières à l'accent ensoleillé écrit dès l'âge de dix ans, marqué par sa terre et les gens rudes qui l'habitent.

Au cours de ses études, il rencontre celle qui deviendra son épouse, la femme d'une vie, la mère de leurs trois enfants.

C'est elle qui tape son premier manuscrit alors qu'il est parti à l'armée et qui l'enverra aux éditions Hachette.

G.-J. Arnaud sera aussitôt publié sous le pseudonyme de Saint-Gilles – nom de son village natal.

Ce premier roman, *Ne tirez pas sur l'inspecteur*, obtient le prix du Quai des Orfèvres, en 1952.

Depuis, sous de nombreux pseudonymes, il s'est attaqué à tous les genres : policier, espionnage, science-fiction, suspense, roman historique, pièce de théâtre... Mais c'est comme auteur majeur de la série Spécial Police aux éditions Fleuve Noir qu'il s'impose dès 1960, liant son nom à l'histoire du roman policier français et ce malgré sa modestie.

En 1966, le prix du Roman d'espionnage couronne *les Égarés* et, en 1977, le prix Mystère de la Critique est attribué à *Enfantasme* qui sera adapté au cinéma sous le titre *les Enfants de la nuit.*

Aujourd'hui on répertorie plus de quatre cents ouvrages à son actif, dont de nombreux ont fait l'objet d'une adaptation cinématographique ou télévisuelle : *les Longs Manteaux, Zone rouge, Sommeil blanc, Un petit paradis, la Tribu des vieux enfants...*

On ne saurait oublier le fleuron de la mythique collection Anticipation au Fleuve Noir qu'est *la Compagnie des Glaces,* avec plus de soixante-deux titres.

Dans son œuvre, il met en scène les gens du quotidien, les petits, ceux que nous côtoyons tous les jours sans les connaître et qui sont, bien souvent, victimes ou bourreaux. Leur passé les poursuit, leur avenir les angoisse, leurs grandeurs et leurs bassesses les habitent.

Miroirs de notre société, nous pouvons nous y reconnaître sans difficulté. Ce qui différencie cependant ces personnages de ceux du quotidien, c'est qu'ils vont au bout des situations dans lesquelles ils sont plongés, à la fois monstres et proies.

G.-J. Arnaud précise : « Je déteste les personnages d'une seule pièce. S'il n'y a ni ombre ni facettes, aucun personnage ne mérite d'être décrit. »

Des personnages à la Pinter !

Les lieux qu'ils fréquentent, les maisons qu'ils habitent, deviennent tout aussi importants, lieux de drames et de joie, cadres de la vie.

Si G.-J. Arnaud reste en marge du mouvement du néo-polar, cela ne l'a pas empêché bien avant l'heure de donner à *lire sa vision du monde :* « Le mal est dans l'homme et dans la société qu'on lui impose et qu'il accepte... J'essaye d'éviter le piège de l'actualité. Les gens s'y laissent souvent prendre, sont esclaves de leurs idées, de l'ambiance du moment, et souhaitent qu'on aille jusqu'au bout d'une démonstration politique ou sociale. Or, le polar a une logique et le crime ne se trouve pas toujours à droite. »

On est loin de ce que l'on nomme de façon péjorative « le roman de gare », plus proche au contraire de cette vraie littérature qui nous laisse une *vision de son* époque *et dont Jay McInerney nous dit :* « Il est important de raconter des histoires, d'inventer des récits qui permettent aux gens de comprendre leurs propres existences, de créer des mythes… La littérature révèle l'essence, la réalité de nos époques. »

Du même auteur :

(Sous le pseudonyme de Saint-Gilles)
Ne tirez pas sur l'inspecteur, Hachette, « L'Énigme », 1952 (prix du Quai des Orfèvres)
Noces d'acier, Hachette, « Le Point d'interrogation », 1954

Éditions L'Arabesque
(Sous le pseudonyme Saint-Gilles)
Collection Crime parfait
Du sable pour linceul (n° 1, 1957)
Puisque je dois mourir (n° 5, 1957)
À *l'heure de notre angoisse* (n° 9, 1957)
Je m'accuse (n° 13, 1958)
Dernière heure (n° 17, 1958)
Seule la mort (n° 21, 1958)
Du miel et du fiel (n° 26, 1 959)
Un froid de morgue (n° 30, 1 959)

Collection Espionnage :
Action à froid (n° 44, 1957)
Commando pirate (n° 49, 1957)
Baroud au Tibesti (n° 55, 1957)
Direction Budapest (n° 61, 1957)
Traquenard à *Bagdad* (n° 65, 1957)

Rendez-vous à *Pékin* (n° 71, 1958)
Ultime parade (n° 86, 1958)
Traité sur la mort (n° 106, 1 959)

(Sous le pseudonyme Georges Ramos)
Collection Parme
Boléro passionné (n° 12, 1957)
Frénésie en noir (n° 17, 1957)
Les Amants du Tech (n° 24, 1958)
Heures chaudes (n° 26, 1958)
Délire au soleil (n° 28, 1958)
Jeux farouches (n° 31, 1958)
La Soif aux lèvres (n° 35, 1 959)

Collection Colorama :
La Croqueuse d'émeraude, 1960

(Sous le pseudonyme Frédéric Mado)
Collection les Nymphes
Péchés de jeunesse, 1958
Voluptueux dialogues, 1 959 (illustration Aslan)
Amours en fraude, 1 959
Étreintes, *1 959* (illustration Jef de Wulf)
Fantasque Brigitte, 1 959 (illustration Aslan)

(Sous le pseudonyme Gino Arnoldi)
Collection les Nymphes
Chaleurs, 1 959 (illustration Aslan)
Les Extases de Pepa, 1 959 (illustration Jef de Wulf)
Impudiques, 1 959
Interludes charnels, 1 959
Regain de désir, 1 959 (illustration Aslan)

Aime-moi comme je t'aime, 1961
(Sous le pseudonyme Georges Murey)
Collection Espionnage
Pré-sabotage (n° 139, 1960)
Offensive sans répit (n° 187, 1961)
Provocation (n° 366, 1965)
Zone maudite (n° 381, 1965)
Poivre aux yeux (n° 391, 1965)
Gâchis au Chili (n° 401, 1965)
Frappez la monnaie (n° 416, 1965)

(Sous le pseudonyme Gil Darcy)
Collection Espionnage
Luc Ferran du N.I.D. (n° 74, 1958)
Luc Ferran attaque (n° 76, 1958)
Luc Ferran liquide (n° 78, 1958)
Luc Ferran s'acharne (n° 82, 1958)
Sérénade pour Luc Ferran (n° 90, 1 959)
Luc Ferran boit du pulque (n° 94, 1 959)
Luc Ferran feinte en Finlande (n° 105, 1 959)
Luc Ferran et la veuve (n° 116, 1 959)
Luc Ferran cravache (n° 147, 1960)
Luc Ferran dans le brouillard (n° 171, 1961)
Luc Ferran quitte le N.I.D. (n° 430, 1966)
Luc Ferran et son Noël rouge (n° 435, 1966)
Luc Ferran est trahi (n° 440, 1966)
Luc Ferran sauve la base (n° 445, 1966)
Objectif truqué (n° 450, 1966)
Luc Ferran joue les beatniks (n° 455, 1966)
Week-end au château (n° 462, 1966)
Luc Ferran et le réseau radioactif (n° 465, 1966)
Escalade diabolique (n° 475, 1 967)

Bas les masques (n° 495, 1 967)
Amère mission pour Luc Ferran (n° 585, 1969)

Collection Baroud
(Sous le pseudonyme David Kyne)
Embuscade en Birmanie (n° 47, 1969)

Éditions Ferenczi
(Sous le pseudonyme Georges Murey)
La Peur dans les veines (n° 195, 1958)

Collection Feux rouges
Urgence à Sydney (n° 19, 1 959)
Coup de force à *Cuba* (n° 29, 1 959)
Le Sel sur les plaies (n° 32, 1 959)
Territoire en alerte (n° 39, 1960)
À *tête coupée* (n° 44, 1960)
Bridge pour agents spéciaux (n° 47, 1960)

Éditions Fleuve Noir
(Signé G.-J. Arnaud)
Collection Grands Romans :
L'Enfer des humiliés, 1 959
Les Nuits fauves, 1960
À l'ombre du défi, 1961
Le Sang d'un été, 1961
De soleil et de boue, 1962
Les Lendemains sauvages, 1962
Noir est l'horizon, 1962
La Troisième Moisson, 1964
Les Seigneurs méprisés, 1964
Les Épaves de l'oubli, 1965

Nous, les Lemonnier, 1968
La Recluse, 1987
La Vie truquée, 1997
Collection Spécial Police :
Virus (n° 226, 1960)
L'Éternité pour nous (n° 234, 1960)
Faux frères (n° 258, 1961)
Haut vol (n° 272, 1961)
Dernier convoi (n° 285, 1962)
Agonie (n° 303, 1962)
Afin que tu vives (n° 313, 1962)
Un coup de chien (n° 336, 1963)
Exhumation (n° 350, 1963)
Chutes (n° 367, 1963)
Les Aveux (n° 389, 1964)
Témoin unique (n° 408, 1964)
Droit d'asile (n° 428, 1964)
La Mine (n° 448, 1965)
Les Détrousseurs (n° 466, 1965)
La Tentation (n° 479, 1965)
Infortune (n° 508, 1966)
Substitution (n° 533, 1966)
Tel un fantôme (n° 543, 1966)
Tatouage (n° 574, 1 967)
Les Yeux fous (n° 594, 1 967)
Les Intrus (n° 618, 1 967)
Notre oncle de Cincinnati (n° 637, 1968)
Les Lacets du piège (n° 658, 1968)
Ronde funèbre (n° 688, 1968)
Le Guet-apens (n° 705, 1969)
Le Rescapé (n° 722, 1969)
Balle de charité (n° 748, 1969)

Retour de fièvre (n° 776, 1970)
Traumatisme (n° 792, 1970)
L'Endos (n° 823, 1970)
Un charter pour l'enfer (n° 855, 1971)
Séquelles (n° 874, 1971)
Les Longs Manteaux (n° 912, 1971)
Basse besogne (n° 937, 1972)
Tendres termites (n° 966, 1972)
Le Cœur froid (n° 988, 1972)
Au nom du père (n° 1023, 1973)
La Défroque (n° 1044, 1973)
Un petit paradis (n° 1086, 1974)
L'Œil du serpent (n° 1125, 1974)
Chiens écorchés (n° 1143, 1974)
La Maison piège (n° 1153, 1975)
Monsieur Paloma (n° 1163, 1975)
L'Homme noir (n° 1190, 1975)
Enfantasme (n° 1235, 1976)
Plein la vue (n° 1250, 1976)
Deux doigts dans la porte (n° 1268, 1976)
Je ne vivrai plus jamais seule (n° 1295, 1976)
La Tête dans le sable (n° 1313, 1977)
L'Enfer du décor (n° 1343, 1977)
Profil de mort (n° 1355, 1977)
Les Gens de l'hiver (n° 1368, 1977)
Les Jeudis de Julie (n° 1389, 1978)
L'Aboyeur (n° 1423, 1978)
Brûlez-les tous ! (n° 1435, 1978)
Les Enfants de Perilla (n° 1447, 1978)
Noël au chaud (n° 1479, 1979)
Raison perdue (n° 1506, 1979)
La Tribu des vieux enfants (n° 1512, 1979)

Les Gêneurs (n° 1525, 1979)
Les Imposteurs (n° 1570, 1980)
Le Coucou (n° 1574, 1980)
La Vasière (n° 1620, 1981)
Quartier condamné (n° 1676, 1981)
Ami-ami flic (n° 1691, 1982)
Bunker parano (n° 1743, 1982)
Le Pacte (n° 1813, 1983)
Nécro (n° 1818, 1983)
Le Veilleur (n° 1887, 1984)
Mozart panique (n° 1939, 1985)
Drôle de regard (n° 1949, 1985)
Mère carnage (n° 2000, 1986)

Collection Noire :
Une si longue angoisse (n° 5, 1988)
Le Petit Bonheur piégé (n° 50, 1998)

Collection Noirs :
Spoliation, 2000

Collection Espionnage :
Forces contaminées (n° 274, 1961)
Mission D.C. (n° 327, 1962)
Fac-similés (n° 353, 1963)
Brumes jaunes (n° 374, 1963)
Mainmise (n° 403, 1963)
La Cellule imparfaite (n° 426, 1964)
Équipage *en alerte* (n° 449, 1964)
Commandos perdus (n° 466, 1965)
Fonds dangereux (n° 515, 1965)
Convois suspects (n° 524, 1966)

Les Égarés (n° 573, 1966)
Cargaison insolite (n° 595, 1 967)
Le Commander rit jaune (n° 614, 1 967)
Doublé pour le Commander (n° 654, 1968)
Le Commander souffle la torche (n° 669, 1968)
Le Commander prend la piste (n° 715, 1969)
Le Commander et l'évadé (n° 733, 1969)
Piège pour une nation (n° 754, 1969)
Un amiral pour le Commander (n° 784, 1970)
L'Amnésique venu de la mer (n° 814, 1970)
Échec au froid Commander (n° 828, 1970)
Coup de vent pour le Commander (n° 855, 1971)
Le Commander et la Mamma (n° 877, 1971)
Le Commander dans un fauteuil (n° 911, 1971)
Jouez serré, Commander (n° 939, 1972)
Le Commander et le révérend (n° 957, 1972)
Des milliers de vies (n° 967, 1972)
Le Commander et la combine (n° 989, 1972)
Ô combien de marins... (n° 1014, 1973)
Le Commander et les spectres (n° 1024, 1973)
Compagnons de sang (n° 1045, 1973)
Le Commander et la voyante (n° 1064, 1973)
Pour mémoire, Commander (n° 1071, 1973)
Le Commander et la tueuse (n° 1094, 1974)
Le Commander et le déserteur (n° 1104, 1974)
Les Fossoyeurs de liberté (n° 1122, 1974)
Escadron spécial (n° 1134, 1974)
Smog pour le Commander (n° 1161, 1975)
Le Commander et le vigile (n° 1183, 1975)
Trio infernal pour le Commander (n° 1196, 1975)
Le Moine d'Asmara (n° 1210, 1975)
Du blé pour le Commander (n° 1234, 1976)

Agonie pour une capitale (n° 1246, 1976)
Sorcières en jeans (n° 1266, 1976)
Aux armes, Commander (n° 1280, 1976)
La Peste aux mille milliards de dents (n° 1291, 1976)
Le Commander enterre la hache (n° 1330, 1977)
Alternative mortelle (n° 1344, 1977)
Peur blanche pour le Commander (n° 1359, 1977)
Le Gaucho de Munich (n° 1371, 1977)
Subversive club (n° 1385, 1978)
Le Mauve sied au Commander (n° 1399, 1978)
Le Lait de la violence (n° 1414, 1978)
Coupe sanglante pour le Commander (n° 1428, 1978)
Le Couple inquiet de Montréal (n° 1461, 1979)
Pas de miracle pour le Commander (n° 1483, 1979)
Le Vent des morts (n° 1492, 1979)
Colonel dog (n° 1518, 1980)
Les Momies de Mexico (n° 1527, 1980)
Coquelicot party (n° 1551, 1980)
Israel, ô Israel (n° 1558, 1980)
Fanatiquement votes (n° 1585, 1980)
Contrat provocation (n° 1595, 1981)
Le Fric noir (n° 1604, 1981)
Dossiers brûlants (n° 1626, 1981)
Les Veuves de Berlin (n° 1638, 1982)
Syndrome toxique (n° 1659, 1982)
Les Rescapés du Salvador (n° 1694, 1983)
Le Milliard des émigrés (n° 1711, 1983)
La Dîme du diable (n° 1746, 1984)
Toubib-connection (n° 1774, 1984)
Le Cancrelat de Miami (n° 1789, 1984)
Amères frontières (n° 1818, 1985)
Potion tragique (n° 1834, 1985)

Cerveaux empoisonnés (n° 1852, 1986)

Collection Angoisse :
Le Dossier Atrée (n° 216, 1972)
La Mort noire (n° 230, 1973)
Ils sont revenus (n° 241, 1973)
La Dalle aux maudits (n° 248, 1974)

Collection Gore :
Le Festin séculaire (n° 8, 1985)
Grouillements (n° 28, 1986)

Collection Anticipation :
Cycle de « La Grande Séparation »
Les Croisés de Mara (n° 469, 1971)
Les Monarques de Bi (n° 509, 1972)
Lazaret 3 (n° 538, 1973)
Les Ganéthiens, 2000

Cycle de « La Compagnie des glaces »
La Compagnie des glaces (n° 997, 1980)
Le Sanctuaire des glaces (n° 1038, 1981)
Le Peuple des glaces (n° 1056, 1981)
Les Chasseurs des glaces (n° 1077, 1981)
L'Enfant des glaces (n° 1104, 1981)
Les Otages des glaces (n° 1116, 1982)
Le Gnome halluciné (n° 1122, 1982)
La Compagnie de la banquise (n° 1139, 1982)
Le Réseau de Patagonie (n° 1157, 1982)
Les Voiliers du rail (n° 1180, 1982)
Les Fous du soleil (n° 1198, 1982)
Network-Cancer (n° 1207, 1983)

Station fantôme (n° 1224, 1983)
Les Hommes Jonas (n° 1249, 1983)
Terminus amertume (n° 1267, 1983)
Les Brûleurs de banquise (n° 1271, 1983)
Le Gouffre aux garous (n° 1286, 1984)
Le Dirigeable sacrilège (n° 1303, 1984)
Liensun (n° 1321, 1984)
Les Éboueurs de la vie éternelle (n° 1333, 1984)
Les Trains cimetières (n° 1351, 1985)
Les Fils de Lien Rag (n° 1364, 1985)
Voyageuse Yeuse (n° 1388, 1985)
L'Ampoule des cendres (n° 1405, 1985)
Sun Company (n° 1431, 1986)
Les Sibériens (n° 1449, 1986)
Le Clochard ferroviaire (n° 1460, 1986)
Les Wagons mémoire (n° 1477, 1986)
Mausolée pour une locomotive (n° 1490, 1986)
Dans le ventre d'une légende (n° 1503, 1986)
Les Échafaudages d'épouvante (n° 1516, 1987)
Les Montagnes affamées (n° 1541, 1987)
La Prodigieuse Agonie (n° 1552, 1987)
On m'appelait Lien Rag (n° 1571, 1987)
Train spécial pénitentiaire 34 (n° 1581, 1987)
Les Hallucinés de la voie oblique (n° 1596, 1987)

Collection Compagnie des glaces :
L'Abominable Postulat (n° 37, 1988)
Le Sang des Ragus (n° 38, 1988)
La Caste des aiguilleurs (n° 39, 1988)
Les Exilés du ciel croûteux (n° 40, 1988)
Exode barbare (n° 41, 1988)
La Chair des étoiles (n° 42, 1988)

L'Aube cruelle d'un temps nouveau (n° 43, 1988)
Les Canyons du pacifique (n° 44, 1989)
Les Vagabonds des brumes (n° 45, 1989)
La Banquise déchiquetée (n° 46, 1989)
Soleil blême (n° 47, 1989)
L'Huile des morts (n° 48, 1989)
Les Oubliés de Chimère (n° 49, 1989)
Les Cargos-dirigeables du soleil (n° 50, 1990)
La Guilde des sanguinaires (n° 51, 1990)
La Croix pirate (n° 52, 1990)
Le Pays de Djoug (n° 53, 1990)
La Banquise de bois (n° 54, 1990)
Iceberg-ship (n° 55, 1990)
Lacustra city (n° 56, 1990)
L'Héritage du Bulb (n° 57, 1991)
Les Millénaires perdus (n° 58, 1991)
La Guerre du peuple du froid (n° 59, 1991)
Les Tombeaux de l'Antarctique (n° 60, 1991)
La Charogne céleste (n° 61, 1992)
Il était une fois la compagnie des glaces (n° 62, 1992)
L'Avenir des dupes, Omnibus XVI-CDG, 2000

Collection Chroniques glaciaires :
Les Rails d'incertitude, Anticipation (n° 1995, 1996)
Les Illuminés, SF Métal (n° 26, 1997)
Le Sang du monde, SF Métal (n° 36, 1998)
Les Prédestinés (n° 4, 1999)
Les Survivants crépusculaires (n° 5, 1999)
L'Œil parasite (n° 7, 1999)
Planète nomade (n° 8, 2000)
Roark (n° 9, 2000)
Les Baleines Solinas (n° 10, 2000)

La Légende des hommes Jonas (n° 11, 2000)

Collection la Compagnie des glaces, nouvelle époque
La Ceinture de feu (n° 1, 2001)
Le Chenal noir (n° 2, 2001)
Le Réseau de l'éternelle nuit (n° 3, 2001)
Les Hommes du cauchemar (n° 4, 2001)
Les Spectres de l'Altiplano (n° 5, 2001)
Les Momies du massacre (n° 6, 2002)
L'Ombre du serpent gris (n° 7, 2002)
Les Griffes de la banquise (n° 8, 2002)
Les Forbans du Nord (n° 9, 2002)
Les Icebergs lunaires (n° 10, 2002)
Le Sanctuaire de légende (n° 11, 2002)
Les Mystères d'Altaï (n° 12, 2002)
La Locomotive-dieu (n° 13, 2003)
Pari cataclysme (n° 14, 2003)
Movane la chamane (n° 15, 2003)
Channel Drake (n° 16, 2003)
Le Sang des aliens (n° 17, 2003)
Caste barbare (n° 18, 2004)
Parano River (n° 19, 2004)
Indomptable fleur (n° 20, 2004)
Le Masque de l'autre (n° 21, 2005)
Passions rapaces (n° 22, 2005)
L'Irrévocable Testament (n° 23, 2005)
Ultime mirage (n° 24, 2005)

Collection Les Aventures d'Hugo Cardone :
Les Compagnons d'éternité, Aventure et mystère (n° 7, 1995

La Forêt des hommes volants, Aventure et mystère (n° 15, 1996)
L'Atoll des bateaux perdus, SF Mystère (n° 14, 1997)
Éditions Eurédif
(Sous le pseudonyme Ugo Solenza)
Il ne viendra plus personne, Suspense poche (n° 6, 1975)
Le Vampire des routes, Quotidien fantastique, 1980

Collection Cupidon :
Les Visiteuses (n° 2, 1973)
Comme un fruit mûr (n° 32, 1974)

Collection Aphrodite :
La Croisière de charme (n° 78, 1972)
La Dragée haute (n° 93, 1973)
La Pension des caprices (n° 99, 1973)
Duos pervers (n° 100, 1973)
La Nuit d'Athènes (n° 127, 1975)
Les Nuits de Santa Barbara (n° 138, 1975)
Lèvres de soie (n° 147, 1976)
Le Bateau des filles perdues (n° 152, 1976)
À *l'amour comme à la guerre* (n° 162, 1976)
Le Repos des guerrières (n° 170, 1976)
La Croisière du Genius (n° 226, 1978)
Les Petites Voisines (n° 338, 1980)

Cycle Pascal
Les Fourberies de Pascal (n° 310, 1979)
Les Prouesses de Pascal (n° 365, 1981)
Les Intrigues de Pascal (n° 372, 1981)
Les Audaces de Pascal (n° 388, 1981)
Pascal et les pensionnaires (n° 396, 1981)

Les Miracles de Pascal (n° 404, 1982)
Le Cinéma de Pascal (n° 420, 1982)
Pascal homme à tout faire (n° 432, 1982)
Pascal et les frustrés (n° 444, 1982)
Pascal au ciel serein (n° 456, 1983)
Pascal et la dame brune (n° 468, 1983)
Pascal garçon modèle (n° 480, 1983)
Votre dévoué Pascal (n° 492, 1983)
Les Métamorphoses de Pascal (n° 504, 1984)
*Pascal et l'*éroticophone (n° 516, 1984)
Une bergère pour Pascal (n° 528, 1984)
S.O.S. Pascal (n° 540, 1984)
Pascal et les sirènes (n° 552, 1984)

Collection Diane :
Cycle Marion
Marion (n° 1, 1974)
Marion à Dublin (n° 3, 1974)
Marion la proscrite (n° 4, 1974)
Lady Marion (n° 5, 1974)
Une rançon pour Marion (n° 7, 1974)
Marion l'infidèle (n° 9, 1974)
Marion galante (n° 15, 1975)
Marion des bruines (n° 18, 1975)
Marion d'Irlande (n° 23, 1975)
Perverse Marion (n° 25, 1975)
Complot pour Marion (n° 28, 1975)
Un roi pour Marion (n° 30, 1975)
Les Démons de Marion (n° 34, 1976)
Marion des mers (n° 36, 1976)
La Gloire de Marion (n° 37, 1976)

Collection Aphrodite classique
(Sous le pseudonyme Pierre Rabeau)
Les Confessions d'un cagot (n° 25, 1976)
(Sous le pseudonyme Laure de Sevetan)
Les Robinsonnes (n° 48, 1977)

(Sous le pseudonyme Lilas Marny)
Mademoiselle doigts de velours (n° 55, 1978)

(Sous le pseudonyme Osman Walter)
Love Cab (n° 68, 1978)
Les Scandaleuses Sœurs Grant (n° 74, 1979)

(Sous le pseudonyme Armand de Chevilly)
Le Neveu incestueux (n° 72, 1979)

Collection Play Boy :
(Sous le pseudonyme Manuel Mathias)
Clefs de voûte, 1984

Éditions Baleine
(Signé G.-J. Arnaud)
L'Antizyklon des Atroces, collection le Poulpe, 1998

Éditions L'Atalante
(Signé G.-J. Arnaud)
L'Homme au fiacre, 1998
Le Rat de la conciergerie, 1998
La Congrégation des assassins, 1999
Le Prince des ténèbres, 1999
Le Voleur de tête, 2000
La Mort en guenilles, 2000

Éditions Calmann-Lévy
(Signé G.-J. Arnaud)
Les Moulins à *nuages,* 1988 (Prix RTL Grand Public)
Les Oranges de la mer, 1990
Les Patates amères, 1993

Éditions Juillard
(Signé G.-J. Arnaud)
Crâne d'argent, 1992
Léa de port Galère, 1993

Éditions Autres temps
(Signé G.-J. Arnaud)
Carméla Vif-Argent, 1998

Éditions Encre
(Sous le pseudonyme Georges Murey)
Maudit Blood, Étiquette noire, 1985

Éditions Le Masque
(Signé G.-J. Arnaud)
L'Étameur des morts, 2001
Le Néant des pierres, 2001
Le Cavalier squelette, 2002

Éditions Syros Jeunesse
(Signé G.-J. Arnaud)
La Fille de verre, Rat Noir (n° 7, 2003)

Éditions du Quai n° 3
Les Indésirables, Wagon-Livres, 2005

Éditions Artima — Bande dessinée

Comics Pocket, série Flash espionnage

Le Commander dans un fauteuil, vol. 1, vol. 2 (n° 6, n° 7, 1981)

L'Amnésique venu de la mer, vol. 1, vol. 2 (n° 9, n° 10, 1982)

Comics Pocket, série Le Commander

Le Commander rit jaune (n° 1, n° 2, 1976)

Doublé pour le Commander, vol. 1, vol. 2 (n° 3, n° 4, 1976)

Le Commander souffle la torche, vol. 1, vol. 2 (n° 5, n° 6, 1977)

Le Commander prend la piste, vol. 1, vol. 2 (n° 7, n° 8, 1978)

Éditions Dargaud — Bande dessinée

La Compagnie des glaces

Cycle Jdrien

Lien Rag (n° 1, 2003)

Floa Sadon (n° 2, 2003)

Kurts (n° 3, 2003)

Frère Pierre (n° 4, 2004)

Jdrou (n° 5, 2005)

Yeuse (n° 6, 2005)

Pietr (n° 7, 2005)

Cycle Cabaret Miki

Le Peuple du sel (n° 1, 2006)

Otages des glaces (n° 2, 2006)

Zone occidentale (n° 3, 2007)

Big tube (n° 4, 2007)
La Fin d'un rêve (n° 5, 2008)

Cycle la Compagnie de la banquise
Terror Point (n° 1, 2008)
Terre de feu, terre de sang (n° 2, 2009)
Le Feu de la discorde (n° 3, 2009)

Espionnage magazine
(Sous le nom Saint-Gilles)
Rallye documents (n° 1, avril 1959)
Bétail humain (n° 2, 1 959)
Fugues et Polonaises, (n° 3, décembre 1959)

(Sous le nom Gil Darcy)
Réseau nazi, (n° 3, janvier 1960)
Faux billets, (n° 6, février 1960)
Scotch pour Luc Ferran, (n° 7-8, mars-avril 1960)

Nouvelles récentes
Les Gardiennes, Eden, Eden fiction, 2003
« Les Nuits samouraïs », in *De minuit à minuit,* Fleuve Noir, 2000
Revue 813, (n° 69, décembre 1999). Hommage posthume de G.-J. Arnaud à M. Perisset
Les Secrets de l'allée Courbet, Autrement, collection Noir Urbain, 2004 *36 nouvelles noires pour L'Humanité* (collectif), Hors commerce, collection Hors noir, 2004
Revue 813, (n° 88-89, juin 2004) : « Tel qu'en lui- même », article en l'honneur de Brice Pelman
« Le puzzle », L'Instant Noir, 1987

Filmographie :

Cinéma

L'Éternité pour nous, le cri de la chair de José Bénazéraf, 1963, avec Michel Lemoine, Sylvia Sorrent, Monique Just.
Le Cœur froid d'Henri Helman, 1977, avec Maud Rayer, André Pousse, Elisabeth Kaza, Michel Robin, Albert Médina et Maria Laborit.
L'Enfant de la nuit (Enfantasme) de Sergio Gobbi, 1978, avec Antonio Cantafora, Jean-Claude Bouillon, Serge Youssoufian, Agostina Belli.
Les Longs Manteaux de Gilles Béhat, 1986, avec Bernard Giraudeau, Claudia Ohana, Robert Charlebois, Federico Luppi.
Zone rouge de Robert Enrico, 1986, avec Sabine Azéma, Richard Anconina, Jean Reno, Hélène Surgère, Jacques Nolot.
Sommeil blanc de Jean-Paul Guyon, 2009, avec Hélène de Fougerolles, Laurent Lucas, Marc Barbé, Julien Frison.

Télévision

La Taupe, scénario de G.-J. Arnaud, 1953.

Efficax de Philippe Ducrest, 1979, avec Nathalie Delon, Bernard Fresson, Jacques Riberolles, Jean- Claude Dauphin, Paulette Dubost.

Euphorie II de Philippe Ducrest, 1979, avec Nathalie Delon, Jean Sorel, Muriel Catala.

Chambre 17, de Philippe Ducrest, 1981, avec Philippe Léotard, Anna Karina.

Ces trois-là de Philippe Ducrest.

Un petit paradis de Michel Wyn, 1981, avec Richard Berry, François Chaumette, Yolande Folliot, Odile Mallet.

Le Cercle fermé de Philippe Ducrest, 1982, avec Jean Sorel, France Anglade, Sylvie Fennec, Paulette Dubost.

La Tribu des vieux enfants de Michel Favart, 1982, avec Thierry Lhermitte, Dominique Laffin, Sophie Barjac, Pascale Bardet, Humbert Balsan.

Raison perdue de Michel Favart, 1984, avec Emmanuelle Béart, Patrick Fierry, Marie Rivière, Gisèle Grimm, Jean-Pierre Miguel.

La Maison piège de Michel Favart, 1985, avec Patachou, Hélène Surgère, Anny Romand, Philippine Leroy-Beaulieu, Jean-Pierre Sentier.

La *Nuit du coucou* de Michel Favart, 1986, avec Florent Pagny, Marie Rivière, Isabel Otero.

L'Argent flambé (série *le Lyonnais*) de Michel Favart, 1992, avec Kader Boukhanef, Pierre Santini, Bernard Freyd, Sylvie Fennec.

Un soupçon d'innocence (d'après *Les Jeudis de Julie)* d'Olivier Peray, avec Pascale Arbillot, Victoire Bélezy, Mélusine Mayance (prochainement sur les écrans).

Théâtre

Les Gens de l'hiver *(La Seyne-sur-Mer)*
La Folie hexagonale (compagnie César Gattegno, théâtre du Rocher)

Content Publishing
Votre maison d'édition 4.0

Content Publishing aux multiples facettes :

Sous la marque **AZ éditions** nous publions chaque mois des romans populaires, des romans policiers, des sagas ou des documents, des faits de société, que ce soit des nouveautés ou des ouvrages du fonds, pour votre distraction, votre plaisir, votre curiosité.

Lecteur de ces ouvrages, vous êtes peut-être aussi auteur.

Faites-nous part de vos projets de publication. Après accord de notre comité éditorial, nous pourrons vous accompagner, en assurer la publication, sa diffusion en librairie, sur les tablettes numériques ou en podcast.

Content Audiovisuel se charge de commercialiser, de l'écrit à l'écran, les droits de ces ouvrages auprès des acteurs de la production audiovisuelle, aussi bien cinématographique que télévisuelle, de ceux des jeux vidéos, des pièces de théâtre...

Nos chargés de communication assurent une visibilité sur le web et les réseaux sociaux, de cultiver les communautés sur les plateformes sociales, d'échanger sur le web avec les fans.

Entreprise, nous vous offrons la possibilité de publier votre roman d'entreprise, qui apportera une visibilité nouvelle reposant sur une aventure humaine et votre raison d'être.

Diffusion-Distribution Content-Publishing
contact@content-publishing.fr

Dépôt légal à parution

Imprimé en CEE